品嘗好書　冠群可期

海底魔術師

江戶川亂步

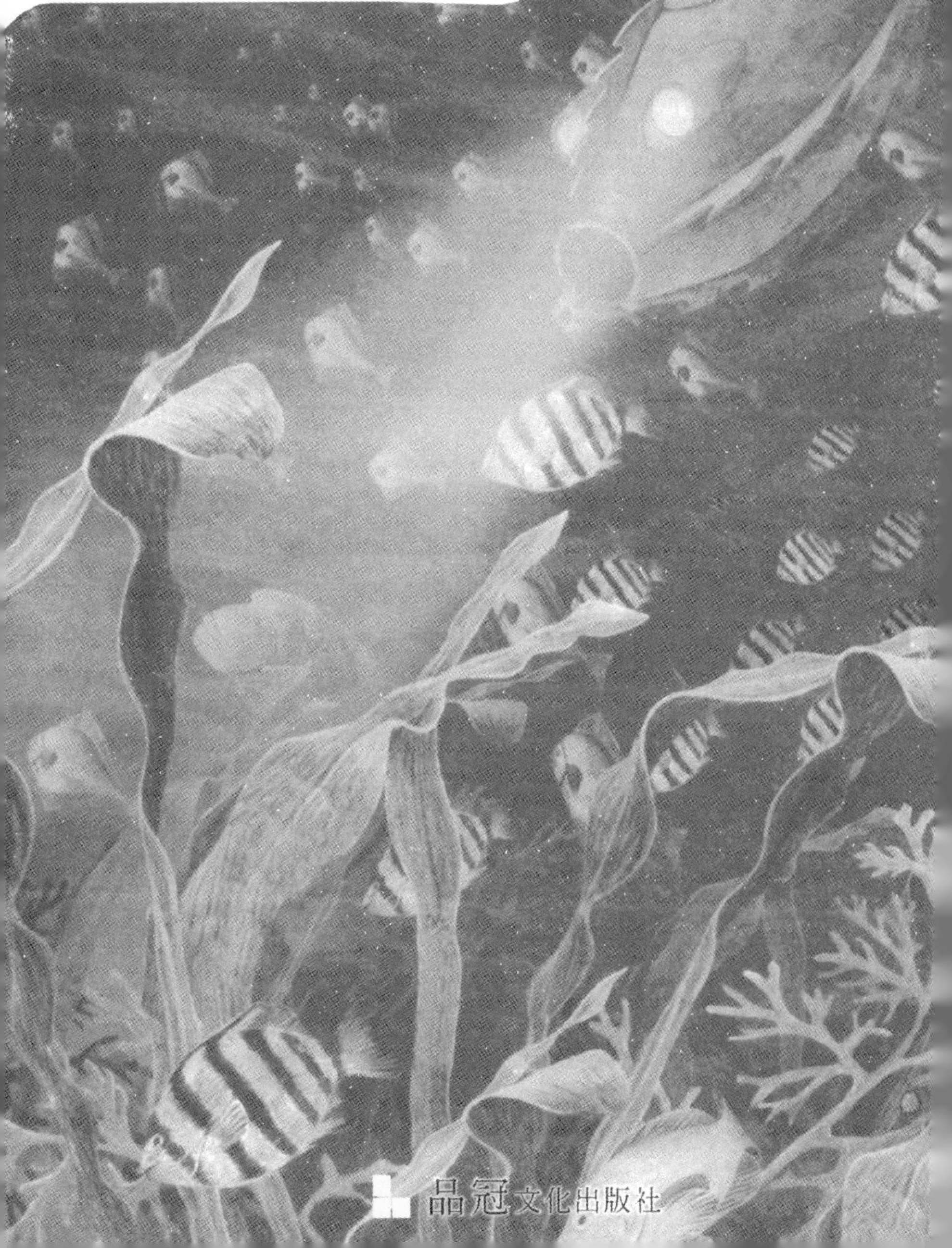

品冠文化出版社

目錄

海底魔術師

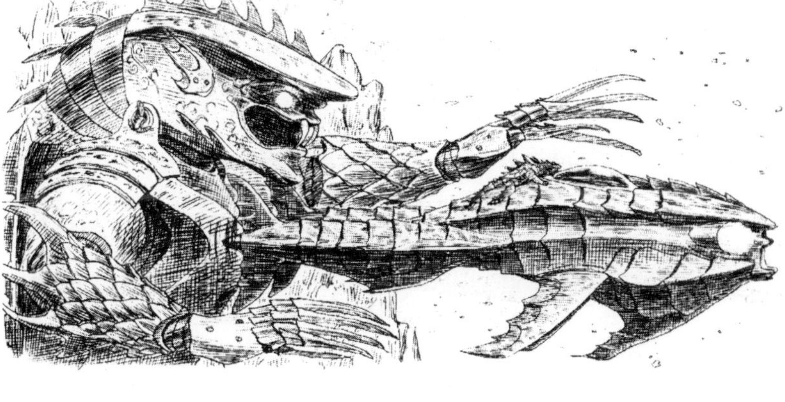

少年偵探⑫

海底魔術師

江戶川亂步

沈船的怪物

日東打撈公司（負責打撈沈船等的作業），正在房總半島東側的大戶村海邊進行打撈沈船的工作。

東洋輪船公司一千五百噸的貨船「足美姬丸」，於一個月前某個狂風暴雨的夜晚沈沒在海底。「足美姬丸」因為錯認航道，撞到海中的大岩石，船底被撞破而沈落海中。

打撈公司的工作船來到了「足美姬丸」沈沒的海面，調查應該如何把船打撈起來。首先派了兩名潛水員到海底去察看。

穿著橡皮製的衣服，戴上鐵頭盔，再穿上帶有鉛的沈重鞋子，二名潛水員，扶著作業船外側的鐵梯，咕嚕咕嚕的冒著水泡，進入了湛藍的大海中。而輸送空氣的救生索（為了保護自身免於沈入海中的危險性，緊綁在身上的繩索）不斷的拉長。

來到海中的岩山處，有很多大岩石，底部相當淺，距離水面只有三十公尺，已經到達海底了。

下降到三十公尺處，海中有如黃昏一般黑暗。潛水員打開水中的強光手電筒，而電線則纏繞著救生索，連接在作業船上。他們搖晃著手電筒，不斷的搜索，而海帶等海草長得比人更高，在海水中飄盪著。他們必須要撥開這些海草才能夠前進。

模糊中看到對面好像有黑色巨大怪物的東西，那就是沈船。

潛水員從鐵頭盔後，將送氣管和救生索往後拉，同時接近黑色的船身。鐵頭盔上所附帶的圓形玻璃窺視窗前，有各種的魚在游泳。甚至突然出現大鯊魚，撞到鐵頭盔。

二個人終於到達了沈船，開始調查破損的地方。在橫陳的黑色船身旁，利用水中的手電筒檢查船尾到船頭。沈船就好像海中的大鐵屋一

樣。他們沿著長長的鐵壁往前走。

不久，先行的潛水員將手電筒上下晃動，打訊號表示已經發現破損的地方。

船底的鐵板就好像巨人的舌頭一樣捲起，看見有足以讓兩人通過的大洞，而水有如瀑布一般，從這個洞中灌入，當然無法獲救。

兩名潛水員為了要測量洞的大小，因此把手電筒照到洞口處，突然發現洞中有東西在窺視他們。

原以為是大魚，但仔細再瞧，並不是魚，看起來好像是人，但卻又不是人，感覺好像是一張人類的大臉。

可是在這艘沈船裡面並沒有屍體，因為人員全都被救起了。在裡面窺視他們的絕對不是死人的臉，而是活生生的人。不，應該說是像人類一樣的東西。

潛水員們在海底遇到過各種可怕的東西，所以並不害怕。但是，有東西在那兒偷窺他們，當然會讓人覺得毛骨悚然。即使是潛水人員也會感到害怕。

兩人呆立在那兒面面相覷。其中一人的右手不停的在水中的手電筒前晃動著，原來是在打手語。

潛水的頭盔中有對講機裝置，可以和工作船上的人通話，但是，潛水員之間卻不能夠用對講機通話，如果雙方手握著電線，就能夠利用對講機互通訊息，不過，一般來說並沒有這樣的裝置。

以前的潛水員不像現在一樣穿著非常先進的潛水服，但由於潛水功夫極佳，因此，可以在海底中利用手語互相交談。這就好像聽障人士互相用手語交談一樣。

「你怕嗎？」

一名潛水員打出了這樣意思的手語，而另一名潛水員，卻不能夠直接回答說「怕」。

「怕什麼？進去看看吧！」

另一名潛水員，用手語如此回答。

「你先進去吧！」

「不，你距離洞口比較近，還是你先進去吧！」

兩個人互相禮讓，實際上是因為害怕。但是，日本海難救生員的勇敢是世界著名的。如果互相推讓，似乎有損日本潛水員的名譽。因為看見可怕的東西而逃之夭夭，萬一被同伴知道了，一定會被嘲笑。

「那麼，我們手牽手一起進去吧！」

「嗯！就這麼辦吧！」

於是兩個人手牽著手，進入船身的破洞中。

洞中有放著行李的大房間。手電筒的光並不強，而房間的對面又非常暗，不知道會有什麼東西躲藏在那裡。

兩個人跨過了洞口，好像滑行似的進入了船中，沿著相當傾斜的船艙地面，一步一步的往裡面走去。

看到很多的箱子和行李散落一地，輕的行李都浮了上來，甚至已經頂到了天花板，而且有東西在眼前漂過。

這時候，看到各種大大小小的魚在身邊游來游去。游到水中手電筒的附近時，鱗片閃爍著帶有紅色的金色光芒或藍色的銀色光芒，非常的美麗。

兩個人長期以來在船艙裡工作，不知道看過多多少少漂浮的屍體，不是被水泡脹的屍體，就是已經成為骨骸的屍體等，反正他們已經習慣了這些可怕的東西。但是，先前偷窺他們的傢伙，並不是人類的屍體，也不是魚，而是不知名的東西。

現在那傢伙可能就躲在對面行李的陰暗處，即使是勇敢的潛水員，也會覺得毛骨悚然，背脊陣陣發涼。

但是，在船艙中並沒有發現可疑的東西。沿著一邊的牆壁，從船艙

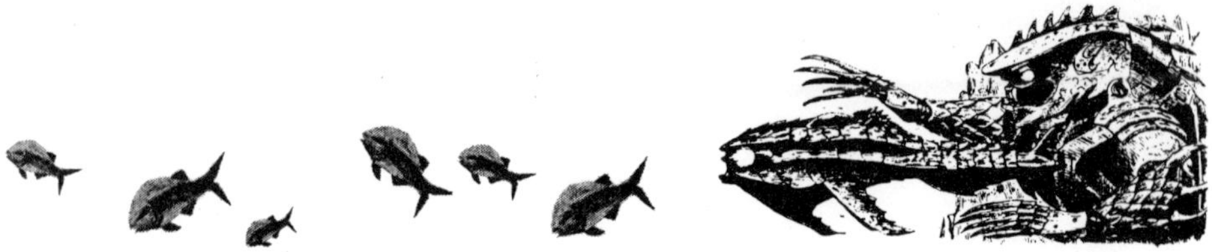

通往另一個房間的門是敞開的，對面似乎就是機房。

「要不要到裡面去看看？」

「嗯，好吧！」

用手勢交談之後，兩個人便朝著門內走去。

大的蒸汽機靜置在汙濁的水中，有如機械的屍體一般。機械在會動的時候，就好像活生生的東西一樣，但現在已經死掉了，就好像屍體一樣。不過還是讓人覺得渾身不自在。

兩個人打算去查看機械，走了二、三步，卻發生了不可思議的事情。原本以為已經死掉的機械的一部分，嘎嘎……開始移動。

兩個人嚇得呆立在那兒，已經沈沒一個月的機械當然不可能啟動。但是，仔細一看，機器的一部分真的在動。

而且機械的一部分已經脫離了原來的蒸汽機，好像朝這兒漂過來似的，簡直就是機器妖怪。兩名潛水員戴著鐵頭盔，口中「哇」的大叫，想要逃走。雙手不停的撥水，拚命的往外逃。

這時候，兩個人清楚的看見妖怪的樣子，真的是非常的可怕。就好像是活著的機械一樣。不，應該說是好像活著的生物，有頭和雙手，以及像鱷魚般的尾巴，全身好像都是用機械的鐵打造出來似的。

黑色的鐵頭，比人大了一倍，就好像潛水衣鐵頭盔的大小一般。臉上有兩顆大而陷凹的的眼睛，在海底的黑暗中閃耀著光芒。嘴巴裂開至耳朵，而且冒出長長的尖牙。

這怪物用好像鐵棒一般的雙手，做出「到這兒來」的手勢。但是，鐵手指前端卻長著好像老鷹一般的利爪。軀幹和尾巴都是鐵製的，而從背部到尾巴，長著好像鳥的雞冠、動物鬃毛一般鋸齒狀的尖銳東西。既不是人，也不是鱷魚，而且身體彷彿是用鐵打造的一般，真是非常難看的怪物。

兩名潛水員拚命的從船艙的破洞往外逃，同時，利用頭盔中的對講

機，和工作船取得了聯絡。

「糟糕了，快點把我們拉回去。」

兩名潛水員被拉回工作船上之後，訴說海底怪物的事情，結果引起了一陣大騷動。第二天，海上自衛隊出動搜索海底，但是，在沈船中不停的搜索之後，並沒有發現怪物。

最後的結論，認為兩名潛水員在海底看見了幻影。

但是，潛水員們則說：

「怎麼可能是幻影呢？我們都清清楚楚的看見那傢伙，難道我們都看見了幻影嗎？」

不過，仍然沒有人相信他們說的話。

兩名潛水員決定再去調查一次。可是，在這一次的搜索行動中並沒有發現怪物。

鐵人魚

這時候，在進行潛水作業的海岸附近的大戶村，發生了怪事。

大戶村是只有漁夫們居住的荒涼村莊，而少年真田一郎是村中漁夫的孩子。

爸爸擁有帶有發動機的漁船，在村中是最會捕魚的名人。一郎是就讀於家中附近中學的一年級學生，希望自己將來能夠成為比爸爸更了不起的漁夫，從事遠洋漁業。因此決定要念專門學校。

少年非常喜歡大海，擅長游泳，甚至可以游四公里遠。在休假時坐著爸爸的船，和爸爸一起出海捕魚，這是他感到最快樂的事情。在不能夠坐船和游泳的時候，每天放學之後，他就會坐在村莊盡頭高高的岩石山上，眺望著太平洋。

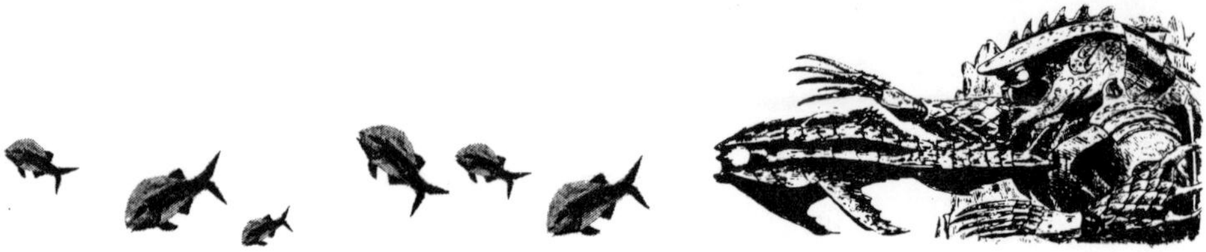

獨自爬到岩石山頂，坐在那兒，以手托腮，眺望著海洋。甚至想像著廣大的大海不斷的連綿到遙遠的美洲大陸，真是美麗的景色。

同樣的海，它的美麗，卻會因時間的不同，而出現驚人的變化。有時宛如鏡子一般的沈靜，有時卻又是波濤洶湧。在暴風雨即將來臨時，旭日和夕陽染紅了整片大海，滿月的月光把整片海照亮成銀色，真是美不勝收。

這一天傍晚，一郎從學校放學回來，做完功課之後，離家爬上了岩石山頂，凝視著好像巨大母親一般的海。

不久，天空中的長雲變成了黃色，漸漸的變成紅色，就好像彩色玻璃似的，最後變成了鮮紅色，而且一直延伸到廣大的海面上，照耀在水上，閃耀著美麗的光芒。回頭一看，像圓盤一般大的紅色太陽，正要沈沒到後方的山頭。

這時，一郎俯看岩石山下的波濤，卻發現有奇怪的黑色東西在那邊的岩石上。他驚訝的瞪大了眼睛，仔細的看。

在距離二十公尺下方的海岸，雖然看不太清楚，但是，卻看見了以往沒有看過的奇怪東西，窩在岩石上。

「啊！是黑色的人魚！」

一郎不禁叫了起來。這個東西擁有魚的尾巴，而上面連接的是人體的形狀。一身的黑色，雖然形狀凹凸，可是看起來就好像是畫中的人魚一樣。

畫中的人魚在亮麗的鱗片上方，是美麗的女人，而且留著長長的黑髮。眼前的這個人魚為黑色，看起來有如用鐵打造的一般，呈四方形，看起來很堅固。像魚一般的尾巴並不帶有銀色的鱗片，而像鱷魚一樣，那是看起來非常硬的尾巴。

一郎從來不相信有什麼人魚，他認為這個世界上不可能存在著人魚，更何況是像鐵一樣硬的人魚。

然而現在人魚竟然就在眼前的岩石上移動，他不禁懷疑自己是不是眼花了，並且懷疑自己的頭腦是不是有問題。

但是，一郎是個非常有勇氣的少年，並不會因為看到可怕的東西就嚇得倉皇逃走。他不是膽小鬼，不但沒有逃走，反而更加接近，希望能夠看清楚怪物的糗樣。

他沿著小徑越過岩石山，躲在海岸邊像隧道一樣的岩石後面，凝神偷窺怪物。怪物所在的岩石，就在眼前十公尺處。

太陽已經完全西下，天空變成了灰色，海也變成了黑色。波濤拍打著岩岸，形成白色的波浪。在其中的一個岩石上看見黑色如鐵一般的生物，朝著對面，一動也不動的待在那裡。

在十公尺近距離所看到的怪物，其樣子真的非常可怕。背上出現如雞冠似的東西，好像插著一排劍似的，前端是尖的。大的尾巴好像鐵的鱷魚一樣，一旦移動，就會發出喀嚓喀嚓的聲音。

一郎的呼吸越來越急促。這可怕的怪物是不是棲息在太平洋底呢？曾經聽說過，在深海的谷底，有連動物學家都不知道的怪物，難道這怪物已經出現在日本海岸上嗎？

一郎的心跳加快。就在思考這件事情的時候，怪物移動了，突然回頭看著這邊。

一郎覺得心臟都快要跳出來了。啊！怪物的那張臉，一郎一輩子也不會忘記。背上有尖的雞冠，頭上有看起來好像洞穴一般陷凹的兩個大眼睛，眼睛像磷火一般發出綠光，嘴巴裂開至耳處，從嘴唇裡露出了尖牙。

一郎看見怪物轉過身時，趕緊躲到岩石後面，但是，怪物已經發現他了。

「嘎、嘎、嘎……。」

聽到好像鐵摩擦一般的大聲響。後來才知道那是怪物的笑聲。

「不用躲了，我已經發現你了。出來聽我說話吧！」

是怪物的聲音。怪物竟然會說日本話，但是，發音很不清楚，就好像鐵摩擦的聲音一樣。如果不仔細聽，根本就不知道牠在說些什麼。

一郎心想，完了，自己也許會被怪物抓到海底去，恐怕自己生命不保了。但是勇敢的他，仍然從岩石後面探出頭來，瞪著怪物。

「你很堅強，很偉大。你一定會把我所說的話告訴大家。你聽好，我是來自海洋的生物。我不會到這裡來了。但是不久之後，我會做出震驚全日本的事情。我要開始展開我的行動了。請你告訴大家，來自海裡的生物即將登陸日本了。你要告訴大家，知道嗎？」

接著，又發出「嘎、嘎、嘎……」好像鐵互相摩擦一般的笑聲，然後噗通的一聲，消失了蹤影。牠跳入波濤萬丈的海中。

小鐵盒

話題移到了東京發生的事情。那是在大戶村真田一郎發現鐵人魚十天後的事。

住在世田谷區中學二年級的宮田賢吉少年，某一天晚上，離開朋友的家踏上歸途時，為了抄近路而走在神社的森林中。那兒一到了夜晚就沒有人煙，一般小孩會因為害怕而不敢走捷徑。但是，宮田賢吉是少年偵探團團員之一，獨自走在黑暗的森林中，反而覺得很有趣。

神社的森林相當寬廣，大樹林立，樹枝覆蓋了整個天空，即使是白天，看起來也有點昏暗，晚上也看不見星星，一片漆黑。雖然各處都有街燈，可是光被樹葉遮住，無法照得很遠。道路旁有石頭路，整條路看起來就像禿頭妖怪一樣，讓人覺得毛骨悚然。

賢吉一邊吹著口哨，一邊加快腳步前進。來到森林正中央時，突然發現除了自己的腳步聲之外，還有其他的腳步聲。

他覺得很驚訝，一邊豎耳傾聽，一邊放慢腳步繼續的走著。

的確聽到了不同的腳步聲。自己的腳步聲很慢，而另一種則是叭達叭達快步跑過來的聲音。

賢吉停下來環顧四周，這時還是聽到有人跑過來的腳步聲。

終於看到有一個黑色的人影從石頭路上跑了過來。原來是個大人，也許對方是個壞蛋，認為賢吉只有一個人，追著賢吉想要搶錢吧！

但是，賢吉並不打算逃走，他一直站在那裡。

當男子跑到身邊時，氣喘吁吁的對他說：

「喂！我有事要拜託你，請你聽著。」

「你在跟我說話嗎？」

「嗯！是的。現在有個壞蛋追我，我把這個交給你，這是比我的生

命還重要的東西。你家就在附近嗎？」

「對，就在附近。」

「不過，把這個拿回家後，要藏在家中無人知道的場所。這盒子裡有驚人的祕密喔！壞蛋想要奪走這個祕密，他也許會殺了我。如果我死了，請你把這個盒子丟到河中去。但是，如果我還活著，你就絕對不可以丟掉，一定要還給我。在我死之前，要把它藏在沒有人知道的地方，知道嗎？對我來說，這是比生命更加重要的東西。知道嗎？」

在黑暗中，隱隱約約可以看見男子的臉形。對方穿著黑色的西裝，不過是已經縐巴巴且相當骯髒的西裝。年約五十歲以上，臉上有很多皺紋，而且留著鬍鬚，並不是留了鬍子，而是好幾天沒有刮鬍子，一副無精打采的樣子。這個令人覺得怪異的男子，小心翼翼的用雙手捧著黑色的小鐵盒，交給了賢吉。

賢吉不知道是否應該接過小盒子，無法下定決心。那名男子則看著身後，說道：

「快點，快點，快接過去吧！壞人在追我，也許馬上就趕到了，到時候可就糟了。壞人想要奪走小盒子，快點拿去吧！」

男子這麼說著，又回頭看。的確，遠處好像有些聲響傳來，男子嚇了一跳。

「來了，追來了，已經來不及了。這是我一生中唯一的請求。請你把這個拿去藏起來，絕對不要被壞人拿走。快，快拿過去吧！你躲在大樹後面，先別逃，他是大人，如果你要逃走的話，立刻就會被抓住。知道嗎？」

不知不覺的，小盒子就交到了賢吉的手中，它好像是用鐵打造的盒子，非常重。

男子推了賢吉背部一把，賢吉腳步踉蹌的躲在一棵大樹後面。那裡街燈照不到，而且這裡一片漆黑，絕對不必擔心會被壞人發現。

看到賢吉躲好之後，男子開始倉皇的逃走。但是，可能是太累了，跑得並不快。從後面追趕而來的人，腳步聲越來越清楚，叭叭叭……那是很快的腳步聲。

躲在樹幹後面偷看的賢吉，發現有一個年輕人穿著華麗的西裝，看起來就像是個流氓，立刻追上了逃走的男子。

「等一等，你別想逃了。我早就知道你帶著鐵盒逃走，快把它交出來吧！」

年輕人粗聲粗氣的低吼著，而五十餘歲的男子，則有氣無力的回答道：

「我根本不知道什麼鐵盒子。你看，我身上根本就沒有這樣東西。」

年輕人搜查五十歲男子的全身，但是鐵盒已經交到了賢吉的手中，當然搜不到盒子。

「畜牲，你把它藏到哪裡去了？快說，不說的話，就要吃苦頭囉。」

年輕人捉著五十歲男子的手，將其扭到背後。但是，卻男子一言不發，只是拚命的掙扎，好不容易甩開了對方的手，撲向了年輕人，展開一場可怕的纏鬥。

兩個人在黑暗中翻滾在地，扭打成一團。五十餘歲的男子當然敵不過年輕人，後來被年輕人制服，發出了可怕的呻吟聲。

年輕人跨坐在五十歲男子的身上，用雙手勒緊他的脖子。不知道那個男子是否已經死掉了。他顯得有氣無力，甚至發不出聲音來。

賢吉不知道是否應該從樹幹後面跳出來相救，但是即使這麼做，自己也打不過流氓。到時候也許小鐵盒就會被搶走。一旦被搶走，那就對不起那個男子了。因為這是他捨命想要保護的盒子，不管發生什麼事情都不能夠交給流氓。

當賢吉這麼想的時候，年輕人已經鬆開了手，站了起來。

「暫且留下你的狗命，在還沒有得到鐵盒子之前，不能夠殺掉你。

這是首領的吩咐。我現在回去和首領商量，我還會再來的。我一定要得到鐵盒子。」

年輕人憤憤的說著，就離開了。

賢吉看他離開之後，擔心他不知道會躲在什麼地方，於是觀察了一陣子，確認對方已經走了之後，才戰戰兢兢的從樹後面跑了出來，走近倒下的男子身旁。男子似乎已經死了。當賢吉看著他，想要把他扶起來的時候，他終於睜開眼睛，發出了痛苦的呻吟聲。

「啊，是你呀！我被揍得很慘，已經不行了。盒子就拜託你了。如果我死掉，就把它丟到河裡去，然後再通知警察。不過不可以說出盒子的事情，這件事情絕對不可以讓警察知道，也不可以告訴你的家人。我並沒有做壞事，所以不會連累你，拜託你了……。」

只說了這些話，就不再說了。男子就這樣閉上眼睛，暈了過去。

賢吉知道自己一個人無法幫助他，因此，跑出神社的森林，回到家之後，立刻把剛才發生的事情告訴父親，並且把鐵盒子藏在自己書房的抽屜裡。他並沒有把這件事情告訴父親。爸爸趕緊打電話通知警察，而自己也在賢吉的帶領下來到了森林中。

窗外的臉

五十歲的男子把小鐵盒交給賢吉。過了四、五天之後，男子在警察醫院中死去。經由調查，發現這名男子以前是個船員，沒有家人，是個單身漢。警察把他送到醫院去，但因為男子原本身體就很虛弱，最後還是死去了。

男子死去以後，賢吉應該按照約定把小鐵盒丟到河裡去才對，但是他認為如果就這樣丟掉隱藏著大祕密的小鐵盒，那也未免太可惜了。他希望暫時先把盒子藏起來，揭開其中的祕密。雖然是違背約定，但還是

決定暫時不要丟掉，先把它藏起來。

這是個長十五公分、寬九公分、厚六公分，上面彫刻著藤蔓花紋的黑鐵盒，可是並沒有任何裂縫，不知道應該如何打開，也不知道裡面到底裝了些什麼東西，就算搖晃，也沒有發出任何聲響。

賢吉認為這裡面藏的應該是寶物，很想破壞盒子，一探究竟，但是又覺得很可惜，心想還是以後再慢慢的調查好了，並且決定要把它藏在沒有人知道的地方。

經過深思熟慮之後，決定把它藏在庭院中假山（庭院中堆土成山）的石頭下面。於是就在森林中發生打鬥的那天夜晚，趁大家都睡著的時候，他偷偷的從房間的窗戶溜了出去，用玩具鐵鍬挖開假山的石頭，把鐵盒埋在石頭下方。

知道男子在醫院死去的這一天晚上，賢吉扳開石頭，檢查一下，確定鐵盒還在那兒。

但是，賢吉還有另一件令他擔心的事情，那就是在森林中發生打鬥之後，回家時發現原本放在上衣口袋中用來削鉛筆的小刀卻不見了。

當時，自己躲在樹後觀察打鬥的情況，把刀子握在手中，並不是想要用來傷害流氓，而是覺得握在手上比較安心。

當時，以為自己已經把刀子放回口袋裡，但可能是過於慌張而不小心弄掉了。

刀子的外側貼著鹿角，但最糟糕的就是，鹿角的上面刻著自己的名字K・MIYATA。

如果刀子被壞蛋撿去，那麼，也許對方就會知道自己藏起了鐵盒。即使第二天白天到森林裡去找，卻也沒有發現刀子。難道那個流氓事後又來到這裡，把刀子撿去了嗎？賢吉非常擔心這件事情。

男子在醫院裡死去，經過十五天的晚上。

賢吉在書房裡做功課，已經是晚上九點鐘了。這一天傍晚的時候，

賢吉又悄悄的來到假山的石頭下，確認鐵盒是否還在。發現鐵盒還在那兒，於是安心的回到書房寫作業。可能壞蛋並沒有撿走刀子吧！半個月之後，仍然沒有發生任何事情，他認為已經沒有問題了。

但是，實際上並不是如此。

賢吉在做功課時遇到了艱澀難題，於是就放下了鉛筆，凝視著前方思考著。這時，突然發現眼前有東西在晃動，他覺得很奇怪，因此，目不轉睛的瞧。

書桌的前面是玻璃窗，窗簾並沒有拉上，可以看見一片漆黑的庭院。在一片漆黑當中，竟然有黑色的東西在那兒移動。

在黑暗中出現黑色的東西，當然看不清楚。然而，的確有東西在那兒。原以為是個人，但是，人的臉看起來應該是白色的，所以應該不是人。不是人，卻是像人一樣大的東西。

賢吉突然覺得背脊發涼。

黑色的東西慢慢的朝他接近，已經來到了玻璃窗外，終於可以看見形狀。那是一個從來不曾看過、讓人覺得毛骨悚然的東西。

他感覺心臟都快要迸出來了。

這個東西把臉貼在玻璃窗上，瞪著賢吉。

額頭下面好像大猩猩一樣凹陷下去，兩個眼睛好像磷火一樣，散發出綠光。嘴巴的長度到達耳朵，嘴唇裡露出了兩顆尖牙。不是人的臉，也不是動物的臉，是一種難以形容的東西。臉上則散發出好像鐵一樣的黑色光芒。

賢吉想要逃走，但是，被好像磷火一般的綠色眼睛瞪著，自己有如被蛇瞪著的青蛙一樣，已經無法動彈了，只是呆呆的坐在椅子上。

接著發生了一件更加可怕的事情。玻璃窗由下往上，慢慢地被打開了。原來是怪物從外面把窗戶往上推開了。

賢吉根本沒有逃走的力量，彷彿被綁在椅子上似的，動彈不得。眼

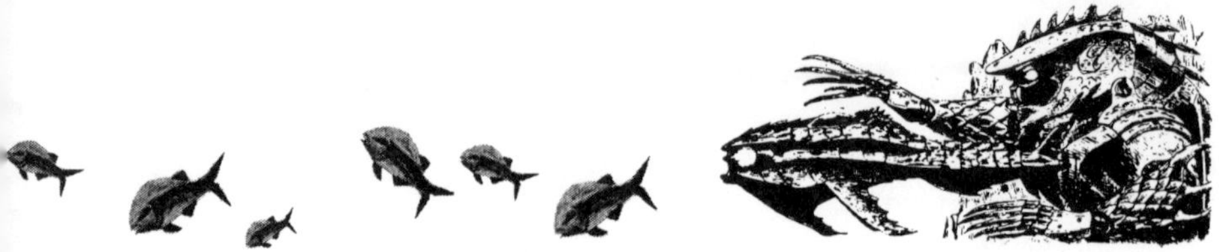

睛被怪物吸引，即使不想看也無法移開視線。

窗子被慢慢的往上推開。在打開到四十公分的距離時，怪物的臉從窗外伸了進來，兩個眼睛好像綠色的火苗似的，頭上則有令人毛骨悚然的雞冠豎立在那兒，而且嘴巴……。

裂到耳朵的嘴巴，已經張開成新月形。

「嘎嘎、嘎、嘎……。」

怪物發出有如鐵互相摩擦一般的可怕笑聲。

怪物的行蹤

賢吉不禁「哇」的大叫，從椅子上站了起來，打算奪門而出。這時候，突然頭腦一片茫然，眼前發黑，就這樣的昏了過去。

「咦！怎麼有奇怪的聲音呢？」

賢吉的爸爸來到了餐室。

「好像是從賢吉的房間傳來的，到底是怎麼回事呀？快，你去看看吧！」

媽媽很擔心的站了起來。

「我去看看，戶田，你也跟我來。」

爸爸帶著在走廊上的書生（寄居在他人家中，幫忙做家事的讀書人）戶田，一起趕到賢吉少年的書房。

「阿賢，你在做什麼呀？」

從門外叫喚，但是，沒有聽到回答，只聽到房間裡傳來喀嘟喀嘟的奇怪聲響。

「是誰？誰在那裡？」

書生戶田大叫著，想要打開門。但是，門從裡面被鎖上了。

「真奇怪，阿賢不習慣鎖門的，……餐室裡有同樣的鑰匙，我去拿

來。」

戶田趕緊跑開，並立刻返回用鑰匙打開了門。走進房間一看，兩個人不禁「啊」的叫了起來。

賢吉少年昏倒了。書櫃和書桌的抽屜都被打開了，裡面的東西全都被拿了出來，並且散落一地。

爸爸跑到賢吉的身旁，抱起他，不斷的叫著「阿賢，阿賢」，搖動他的身體。賢吉終於清醒過來，張開了眼睛，抱住爸爸的身體。

「怎麼回事？到底發生了什麼事？」

爸爸看到微亮的房間和打開的窗戶，覺得很奇怪，於是問他。

賢吉抓住爸爸，看看房間，知道先前可怕的怪物已經不在了。

「有怪物從窗子進來，身上有著鱗片和可怕的牙，好像要吃掉我一樣，牠一定是從窗戶跑出去了，可能還在庭院裡。」

賢吉這麼說著，開始不停的發抖。

爸爸不相信世界上有這樣的怪物，他懷疑賢吉是不是做惡夢了。但是房間這麼零亂，真是很奇怪。

爸爸打開了玻璃窗，看著漆黑的庭院。可是，庭院裡卻沒有任何可疑的東西。

「咦？」

這時爸爸突然發現到窗框處有可怕的抓痕，好像被大而尖的五根爪子抓過的痕跡。

「喂！戶田，你看這個抓痕，好像是動物爪子留下來的。」

「是呀！今天早上還沒有這些抓痕，也許真的有可疑的傢伙跑了進來。」

書生戶田臉色大變的說著。

「好，到庭院去看看，應該有腳印。你帶著手電筒。」

賢吉抱著聞風而來的媽媽，在媽媽的懷中一直發抖。爸爸和戶田走

出了房間，繞到庭院去。

兩個人用手電筒檢查庭院的周遭，看到泥土較軟的地方留下了可怕的怪物腳印。那的確是有著利爪的巨大怪物留下的腳印。

有了這些證據，當然不能夠放任不管。於是，爸爸立刻打電話通知警察。

接到電話，警察也覺得很奇怪。不過，賢吉的爸爸是大公司的董事，也是著名的實業家，他不可能說謊。總之，三名警察開著汽車來到賢吉的家，同時在家中和庭院中搜索。除了窗框上的抓痕以及庭院的腳印之外，沒有發現其他東西。

因此，繞到住宅外面四處去檢查。三名警察走在圍牆外黑暗的小巷裡，突然看見對面有一個男子，好像被什麼東西追趕似的，拼命的跑了過來。

「怎麼回事呀？」

詢問他的時候，男子站在三人的面前說道：

「啊！是警察呀？糟糕了，可怕的東西從人孔蓋裡鑽了出來。」

喘著氣逃過來的男子，好像是附近的店員，是一名穿著夾克工作服的年輕男子。

「你到底看見什麼？」

「妖怪。」

警察們聽到他這麼說，心想他可能是遇到了攻擊賢吉的怪物，因此趕緊詢問：

「那個人孔蓋到底在什麼地方呢？」

「在那裡，就在那個巷子的轉角處。」

警察聽他這麼說，大叫一聲「好」，就趕緊跑到巷子的轉角處。轉個彎立刻看到人孔蓋，但是，並沒有看見可疑的傢伙。人孔蓋的鐵蓋緊閉。

「喂！是這個人孔蓋嗎？沒什麼奇怪的呀！」

詢問畏畏縮縮跟過來的年輕人，年輕男子還是很害怕的用手指著說：

「就是這個蓋子沒有錯，一下就被抬了起來，有可怕的怪物從裡面鑽了出來。」

「可怕的怪物？是什麼樣的怪物呀？」

「有著長牙和鱗片，眼睛好像磷火一樣，綠得發亮。」

真的是那個怪物，是攻擊賢吉的怪物。

「也許牠不是要從人孔蓋鑽出來，而是要逃到人孔蓋裡面去吧！」

一名警察，毛骨悚然的看著眼前的人孔蓋。

「那麼，我們就檢查一下吧！過來幫忙。你掏出手槍來。看到情況危急的時候，就發射子彈。」

三個人中看起來比較資深的警察打開手電筒，蹲在人孔蓋旁，另一名警察則加以協助，剩下的一名警察從槍套中掏出手槍，擺好姿勢盯視著，準備隨時發射。

「可以了嗎？」

兩名警察合力抬起人孔蓋，擺在旁邊。洞裡一片漆黑，手電筒的光照在洞中。

有鐵鱗片的怪物，會不會躲在那裡呢？不，實際上沒有，裡面空無一物。警察們覺得很沮喪。

「什麼都沒有嘛！」

這是下水道的人孔蓋，怪物不可能沿著細長的下水道逃走。

也許先前怪物躲在人孔蓋中，後來逃走了。所以，之前店員看到的可能是牠要逃出來的時候。

店員和賢吉看到的是相同的怪物，既然兩個人都看到，當然不可能是幻覺。絕對不能夠放任不管。因此警察趕緊打電話通知警政署，由警

政署聯絡警察局。

當然引起了大騷動，來了三輛巡邏車。警政署和警察局也出動數輛汽車，還有新聞記者。賢吉家成為臨時的搜查聯絡本部，門前停了數十輛汽車。附近的鄰居不知道發生了什麼事，全都聚集了過來，出現黑鴉鴉的人群。

數十名警察進行大搜索，附近的住家全都一一的搜查過，而且巷子裡都有警察開著汽車巡邏，並且拉起了警戒線（遇到火災或犯罪事件時，一定的區域禁止一般人進入，由警察負責守護），甚至連一隻螞蟻都無法逃脫，佈置好了搜查網。

但是，到了第二天早上，還是沒有發現可疑的傢伙。鐵人魚好像煙霧一樣的消失了。

第二天早上，報紙上刊載著有著鐵鱗片怪人的報導，同時留在賢吉家窗框上的綠爪抓痕，還有庭院中大的動物腳印，全都拍成照片，刊登在報紙上。日本全國上下看了這篇報導，人人心驚膽顫。只要大家聚在一起，都會討論這可怕的怪物。

大金塊

第二天早上，賢吉少年等到警察全都撤退之後，偷偷的溜到庭院，檢查藏在庭院石頭下面的小鐵盒。

他擔心昨晚怪物已經把鐵盒拿走了。

找到了做記號的石頭，拿起來一看，幸好鐵盒還在那裡。賢吉心想，不能夠再把鐵盒藏起來了，於是取出鐵盒拿給父親看。同時，把當晚在神社森林中發生打鬥事件的經過，一五一十的說了出來。

他說那個臉上長滿骯髒鬍髭的叔叔把這個盒子交給他，而那位叔叔還說，如果自己死掉，就要把這個鐵盒丟到河裡面去。叔叔死在警察醫

院，而自己又不願意丟掉這個盒子，因此，將它埋在庭院的石頭下。他把事情的始末詳細的告訴父親。

爸爸的手上拿著鐵盒，想要打開，但是，無論如何就是打不開。書生戶田也試著打開鐵盒，一樣也是打不開。

這時，賢吉少年突然想起什麼似的說道：

「啊！我有好點子，可以把這個盒子拿到明智偵探事務所去，讓我們少年偵探團的小林團長看，然後藉著明智老師的智慧，就一定可以揭開這個盒子的祕密。」

「嗯！的確是個好主意。由戶田送去，可以搭乘平常坐的接送車（配合客人的要求隨時接送的車子）。駕駛和戶田兩個人當護衛，應該沒有問題了，而且現在是白天。」

於是爸爸打電話到明智的事務所。明智先生和小林少年都在事務所，因此，叫了熟悉駕駛所開的汽車，由賢吉少年捧著鐵盒，讓書生戶

田護送他到事務所去。

到了事務所，小林少年出來接待兩人到客廳，聽賢吉說明詳情之後，小林接過鐵盒仔細端詳，但自己也打不開。

「請等一等，先讓明智老師看看這個盒子吧！」

小林少年這麼說著，於是拿著盒子走到門外。十分鐘以後，和明智先生一起笑著走了回來。

「老師一下子就把盒子打開了。你看，原來這是和箱根手工藝的祕密盒同樣的設計。按下同樣花紋的這個地方，從這邊就可以打開，然後按下這裡。啊！你看，同樣的動作做兩、三次就打開了。

但是，還有更驚人的事情喔！在這盒子裡面，竟然裝著價值數十億圓的東西呢！」

聽到小林少年的說明，大家都嚇了一跳。明智偵探坐在椅子上，微笑著說道：

「事情是這樣的，鐵盒裡面有三份文件。這是叫做擔任遠洋航線大洋丸船長福永的遺書。另外，就是紀伊半島南邊的航海圖，還有一份是保險公司的證書。」

明智說著，讓大家看著他手上拿的數份文件。

「船長的遺書內容很難理解，即在距今二十年前，於紀伊半島的潮岬海灘，一艘大洋丸船隻遇到暴風而沈沒。當時，是數十年才會出現一次的大風暴，大洋丸用無線電求助，但是，沒有船可以從海岸派出去救他們。很多的船客和船員都死掉了。

抓住浮板，終於到了海岸邊的只有數十名船員，其中包括船長福永。只有自己獲救，他的確不是偉大的船長。

大洋丸利用無線電求救時，當然告知自己現在的位置，而福永船長的遺書裡面，說明當時因為自己太過慌張，弄錯了經度數字，結果給予對方錯誤的資料，將錯誤的數字告訴無線電技術人員。後來大洋丸是沈

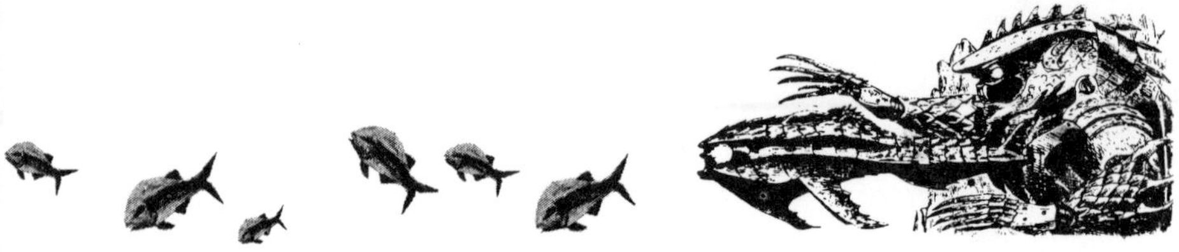

沒在完全不同的地方。而保險公司支付保險金額給船公司之後，調查沈船的場所，認為那裡是很深的地方，船與貨物根本無法打撈上岸，因此，只好放棄了。

一年之後，福永船長終於發現到用無線電傳送出去的沈船位置弄錯了。不過關於這一點，我也覺得很奇怪。難道船長故意沒有發現嗎？就這樣過了一年，船長向保險公司購買沈沒的大洋丸的權利，當時的錢是二十幾萬日幣。以現在的幣值換算，應該是一億日幣（相當於現在的十億日幣）。只要支付這些錢，沈船就能夠歸他所有。既然是無法打撈上岸的船，保險公司也就便宜的賣給他了。

既然是無法打撈上岸的船，為什麼福永要付出鉅款來購買其權利呢？因為這艘船上載運了從香港送到美國的許多金塊。

當時遺書上說明是四百萬日幣，即現在的二十億日幣。船長希望能夠將這些金塊打撈上岸，這樣自己就能夠成為富翁，所以，當然想從保險公司那兒購買權利。

保險公司認為，沈船的地點是位於即使運用世界上的任何潛水技術都無法打撈上來的深海地帶，因此，讓出打撈沈船的權利。但是，船長知道大洋丸是在距離他用無線電通知的沈船場所五哩（大約九公里）的更淺地方，因此，可以進行潛水作業。

於是拜託打撈公司打撈金塊，做了各種準備。但是，福永船長卻生了大病，三個月之後就死掉了。這可以說是上帝對他的懲罰。他趁著還能夠寫字的時候，留下了遺書，同時製作了祕密鐵盒，將保險公司的證書以及畫著大洋丸真正沈沒地點的海圖，一起放在鐵盒裡，留給自己的兒子。

兒子把鐵盒交給了賢吉。這個兒子是個沒有魄力的男子，自己不想進行打撈作業，想把打撈權利賣給有錢人。這時的他已經很窮，外表看起來骯髒，所以，沒有人相信男子所說的『海底的大金塊』的事情。那已經是二十幾年前的事了。兒子在遺書後面寫下了這件事情。」

聽到明智偵探的說明，賢吉少年還是有一些不明白之處。但是，至少知道二十億日幣的金塊沈沒在潮岬的海中。看來這似乎是事實了。

白天的怪物

明智偵探說完之後，對賢吉少年和書生戶田說道：

「想要奪走這個小鐵盒的，一定是可怕的壞蛋，所以賢吉待在家裡的確令人擔心。但是我會保護它，沒問題的，安心的回去吧！再把這鐵盒藏回石頭下面。」

說完之後，走到房間角落的辦公桌前，將文件擺回小盒中，蓋好蓋子，將鐵盒交回給賢吉。

賢吉和書生戶田不斷的向明智偵探、小林少年道謝以後，又坐上在門外等待的汽車回去了。

汽車朝著世田谷賢吉的家奔馳了十五分鐘，來到了大住宅旁的寂靜小路。兩邊高高的水泥圍牆連綿一百公尺，圍牆內高大的樹木林立，雖然是白天，但看起來有點昏暗。

來到了圍牆邊好像谷間的地區，汽車突然踩煞車停住了。

「咦！為什麼停在這個地方？怎麼回事呀？哪裡出了毛病嗎？」

書生戶田詢問駕駛。這時，原本面對前方的駕駛突然回過頭來，看著他們嗤笑了起來。

「咦！你不是先前的那個駕駛，什麼時候換人了？你到底是誰？」

「是我。」

駕駛用粗魯的聲音回答，突然掏出了手槍。

「啊！你是……。」

戶田嚇了一跳，想要保護身邊的賢吉少年。但是，因為對方拿著手

槍，自己也無能為力。

「我不想要你們的命，只要把鐵盒交給我就可以了。快點！」

戶田想要趁機從汽車上跳下去，因此手指勾住了門把。對方很快的察覺到了這一點，笑著說道：

「哈哈哈……不行，不行，想要逃走嗎？你根本逃不掉的。你看看門外吧！」

看著玻璃窗外，不知什麼時候竟然有一個面目猙獰的男子站在那裡。手上也拿著手槍，在那兒露著牙笑著。反側的另一面窗子，也有個面目猙獰的男子拿著手槍瞪著他們。

手槍從三方面指向自己，當然已經束手無策了。戶田以手示意，好像要賢吉少年把鐵盒交給對方。賢吉無計可施，只好把鐵盒交給前座的駕駛。

對方接過鐵盒，放聲笑了起來。

「哇哈哈哈……佩服，佩服，你們真聽話，我就原諒你們吧！你們的駕駛就在後面的行李廂裡。等我們離去之後，就可以打開行李廂把他放出來。這樣你們的車子就可以用了。」

冒充的駕駛跳下了車，碰的關上了車門。隨後，三名男子就好像短跑選手似的，飛快的朝對面跑了過去。

「啊！真是的，最重要的小鐵盒竟然這麼容易就被奪走了。阿賢，那些傢伙可能是壞蛋的手下。……明智先生不是說要保護我們嗎？這是怎麼回事？沒想到對方這麼快就下手。就算明智先生也始料未及，唉！真是遺憾。」

戶田懊惱的喃喃自語著。三名男子消失後不久，他們就下車打開後面的行李廂，發現原本熟悉的駕駛的嘴巴被東西塞住了，五花大綁的被扔在行李廂裡。

賢吉幫忙把駕駛從行李廂裡拖了出來，拿掉塞在嘴裡的東西。駕駛

摸摸頭說道：

「車子停在明智先生的事務所前面，突然有人從後面敲我的後腦勺，然後嘴巴就被塞入東西，對方是個力大無比的傢伙，我真的無能為力，真是抱歉。他竟然假扮我把車開到這裡來了。」

「是呀！穿著和你一樣的上衣，從背後看根本就分不清楚。大白天竟然行搶，真是太可怕了，趕緊開車。反正離家已經很近了，再打電話通知警察吧！我們重要的東西被奪走了。」

三個人坐上了汽車，正打算開車的時候，賢吉少年突然「啊」的叫了起來。他的臉色蒼白，眼睛瞪得大大的，緊盯著窗外看。

戶田和駕駛，也驚訝的隨著賢吉的視線看了過去。

在高大的水泥牆上，好像有東西在窺視著。後面高大的樹枝形成了陰影，前面圍牆的頂上出現了黑色的東西。

是難以形容的一種奇怪東西。黑色的臉上有好像兩顆磷火一般的綠色眼睛，嘴巴很大，到達耳朵，嘴裡長著尖尖的長牙。頭上則長著好像銳鐵一般的雞冠。

鐵人魚，那怪物竟然爬到圍牆內側，探出頭來，瞪著這一邊。

「快點，快點……。」

賢吉曾經遇到過牠，知道牠的可怕。真怕怪物越過圍牆追了過來，因此，趕緊催促著駕駛。

駕駛看見可怕的怪物，也嚇得手腳發軟，趕緊加速把車開向沒有人通過的谷間街間。

隼丸

賢吉少年一行回到家，跳下車子，趕緊衝向父親的房間。喘著氣訴說先前發生的事情。

爸爸立刻打電話通知警察，然後再打電話到明智偵探事務所。

「什麼？鐵盒被奪走了？真的嗎？」

接電話的明智偵探這麼說著，想了一會兒，立刻繼續說道：

「那麼，我立刻前往你們家，在電話裡說話不方便。但是請放心，我答應賢吉要保護小鐵盒，我一定會履行約定的。」

說完就掛上了電話。明智偵探到底在說些什麼呀？什麼要保護鐵盒的約定，鐵盒不是已經被奪走了嗎？他到底打算怎麼做呢？爸爸實在一頭霧水。

不久之後，明智偵探坐著汽車來到了賢吉家。爸爸和賢吉請明智偵探到客廳裡坐。

「先前您在電話中說的事情，我不太了解，您說要保護小鐵盒，是嗎？」

爸爸立即詢問明智。

「是呀！我的確說要保護小鐵盒。」

名偵探微笑著回答。

「喔！那麼，到底是怎麼回事呀？小鐵盒不是已經被壞蛋們奪走了嗎？」

「不，不必擔心，被奪走的只有盒子而已。你看，裡面的東西全都在這裡呢！」

明智從口袋裡掏出大信封，從裡面取出船長的遺書、航海圖以及保險公司的證書讓兩人看。

「啊！那麼先生你……。」

「是呀！我早就想到可能會發生這種事情，所以調換了盒子裡面的東西。壞蛋搶走的小鐵盒，裡面只是放著白紙而已。」

賢吉和爸爸，對於名偵探的明察秋毫不禁佩服萬分。

「啊！我們不知道這一點，真是抱歉，請原諒。不愧是明智先生，

這樣我們就安心了。」

爸爸不斷的道謝，而明智則說道：

「宮田先生，壞蛋不知道還會有何種企圖，我想應該趕緊打撈金塊才對。遺書上所寫的，應該是真的。剛才賢吉回家之後，我就去調查了一下。二十年前在潮岬海中的確有東洋輪船公司的大洋丸沈沒。當時原本計畫進行打撈作業，但是因為無法進行，只好放棄了。

的確值得一試，您可以先和東洋輪船公司、保險公司商量，請他們出錢，如果發現金塊，你、輪船公司和保險公司平分，同時可以事先通知政府，先搜尋海底。」

賢吉的父親想了一會兒，終於下定決心說道：

「那麼，就算是一次海底冒險好了。正好我有朋友在輪船公司和保險公司裡擔任董事，而且我也有認識負責打撈沈船的打撈公司，和他們商量，他們一定會答應的。實際上，我也很喜歡這樣的冒險。」

接著探討打撈金塊的事情，這時電話鈴聲響起。爸爸站起來拿起聽筒，聽到奇怪的聲音，嘎嘎嘎地作響，好像是鐵互相摩擦的聲音，讓人覺得毛骨悚然。感覺疑似電話故障，但是，實際上並非如此，對方似乎在說些什麼。

「明智在那裡嗎？我有事情要跟他說，請他來。」

聽起來不像是人的聲音，而是很奇怪的聲音。

「你是誰？」

「我是明智的朋友，快叫他來。」

沒辦法，只好請明智聽電話。

「我是明智，你是哪位？」

「我知道是你做的好事，你藏起了鐵盒裡的東西。你給我記住，我一定會要回來的。明智，你給我記住。」

說完就掛上了電話，明智和賢吉的父親面面相覷。

「是鐵人魚，那傢伙也想要大金塊。絕對不要掉以輕心，要趕緊進行打撈作業才行。」

接下來的兩週，沒有發生什麼事情。有一天，日東打撈公司的「隼丸」從大阪港朝向潮岬出發了。

「隼丸」是六百噸的打撈作業船。船上除了打撈公司的技師、潛水員和船員之外，還載著賢吉、賢吉的爸爸宮田和小林少年。從東京到大阪是坐電車，然後乘船。小林代替明智偵探與他們同行。但是，兩人約定遇到困難時就要用無線電通知明智先生。

現在是春天，晴空萬里。如榻榻米一般沈靜的海上，「隼丸」如滑行一般的在海上前行。這是快樂的航海。小林少年和賢吉少年走上甲板，看著拍打著船尾的波濤，聳著肩在唱歌。

這一天晚上是美麗的月夜，月亮高掛天空。波浪映著月影，海上呈現一片銀色。

除了值班的船員之外，其他人都回到了船艙睡覺了，只聽到咚咚咚的機械聲響，以及船乘風破浪的聲音。在月光的照耀下，沒有聽到其他的聲音。

一個船員在甲板上咯吱咯吱走著，每個小時都要巡邏一次。船員通過中間船艙旁邊的狹窄通道，來到了船頭。鑽到吊起的救生艇下方，看著對面。突然發現船頭有黑色的東西趴在那兒。

「咦！誰在這裡睡覺？」

船員覺得非常奇怪，走近一看，原來不是人。全身覆蓋著大鱗片，在月光的映照下，閃閃發亮。而且有長長的尾巴，從頭到背部有著好像鋸齒狀雞冠的東西，看起來就像是一隻大鱷魚，但是，在這裡應該不會有鱷魚才對呀！

船員嚇得背脊直發涼。那是一隻從來沒有在任何一本動物書上看過的東西，讓人覺得不寒而慄。不過，他並沒有逃走，而躡手躡腳的接近

怪物。那黑色的東西竟然抬起頭看著他。

船員頓時覺得全身發麻，動彈不得，也無法喊叫。

像黑鐵一般的大臉上，有一雙陷凹的眼睛，散發出如磷火一般的綠光。裂開的新月形的嘴，長達耳朵，同時還露出尖尖的白牙。

「嘎、嘎、嘎、嘎……。」

怪物咧嘴大笑，笑聲有如鐵摩擦一般的聲音。

「哇！」

船員終於發出了叫聲，拼命的掙扎，想要求救。

「來人呀！」

聽到聲音，三名船員跑了過來。

船頭的怪物放聲大笑，然後突然轉過身子，鱗片散發出光芒，越過船邊的欄杆，噗通的跳入海中。

眾人跑向船的欄杆旁，往下一看，像鐵鱷魚一般的傢伙和船平行前進，在那兒游泳。但是，一下子就沈入水中，從海面上消失了身影。是鐵人魚。由於無法偷走小鐵盒中的海圖，因此，偷偷的跟蹤賢吉等人來到船上。即使跳入海中，但是，那傢伙原本就是海中怪物，而且游泳的速度和船一樣快，因此，也許牠會一直追趕著賢吉等人。

船艙的骸骨

小林少年用無線電將這件事情通知東京的警政署，然後把消息傳到明智偵探事務所。

接著並沒有發生什麼事情，「隼丸」到達了潮岬海邊。宮田手上的海圖，詳細的記錄著大洋丸沈沒的位置以及經緯度。到了該位置的海底，只要用水中探測機就可以找尋到了。

水中探測機是從船上發出超短波，從撞到海底到彈回來的時間，經

由計算之後畫出圖表、印在紙上的機械。利用這圖表的曲線，就可以知道海的深度，而在沈船的地方會出現突起的線，只要找到那個地方就可以了。

「隼丸」來回於海圖上做記號的海面，不斷的比較水中探測機的圖表。確認曲線的突起處，並不是海底的岩石或是其他東西，而是沈船。

從海面到沈船上方只距離三十公尺。如此一來，不只是金塊，就連大洋丸都可以完全的打撈上來。大洋丸的船長隱藏了正確沈船的位置，結果讓珍貴的金塊和鐵材沈沒在海底二十年。

知道沈船的位置，趕緊派潛水員下去搜尋。到底金塊放在大洋丸的哪一個地方，船長的遺書中並沒有交代，要找出金塊非常麻煩。因此，不會立刻打撈金塊上岸，而首先要由潛水員潛水，確認一下沈船是否是大洋丸。

這一天是萬里無雲的好天氣，無風無浪，是個適合潛水的日子。

打撈公司挑選兩名強壯的潛水員，穿著橡皮潛水衣，帶著黃銅製的潛水頭盔，並準備好將空氣送入頭盔中的送氣馬達。

兩名潛水員沿著掛在「隼丸」外側直立的鐵梯往下爬，搖晃著好像章魚一般的圓頭，拉著救生索、好像橡皮管似的送氣管以及通話線進入冰冷的水中。

船上則聚集了船長與輪船公司的人，還有負責打撈作業的船長、宮田、賢吉少年和小林少年，他們一直看著以異樣裝扮潛入海中的潛水員們。

兩名潛水員右手拿著可以撬開東西的鐵棒，左手則拿著照亮黑暗沈船用的水中手電筒。

潛水員藉著安裝在腳底的大鉛塊的重量，以及掛在胸前的鉛塊的力量，不斷的沈入水中。每次下沈時，似乎就可以看到下面巨大的船身。

經過了二十年，水中積存了垃圾，因此，海草長得很快，還有很多

的貝殼。與其說是鐵船，還不如說看起來像是海底的大石山。船身向側面傾斜三十度沈沒，甲板好像坡道一樣傾斜。

兩名潛水員來到了接近沈船船頭附近的位置。他們沿著船頭外側，用鐵棒剝開貝殼等東西，用手電筒找尋寫著船名的地方。結果，確認真的是大洋丸。

兩個人好像在攀爬傾斜的甲板似的，找尋船口（由甲板進入船中的出入口），結果立刻就發現了。兩個人從船口走下狹窄的階梯，進入下面的船艙。鐵階梯也被貝殼所覆蓋，就彷彿進入岩石洞穴中似的。

走下階梯，進入廣大的房間。不，與其說是房間，不如說是大的洞穴。傾斜的地面堆積了二十年的垃圾，還有長滿了高達人的胸部的長海帶等海草，根本寸步難行。

在上甲板下，應該有放著貴重物品的房間，潛水員們想要找出那個房間，但是，牆壁全都被貝殼所覆蓋，不知道門在哪裡，當然，也沒有

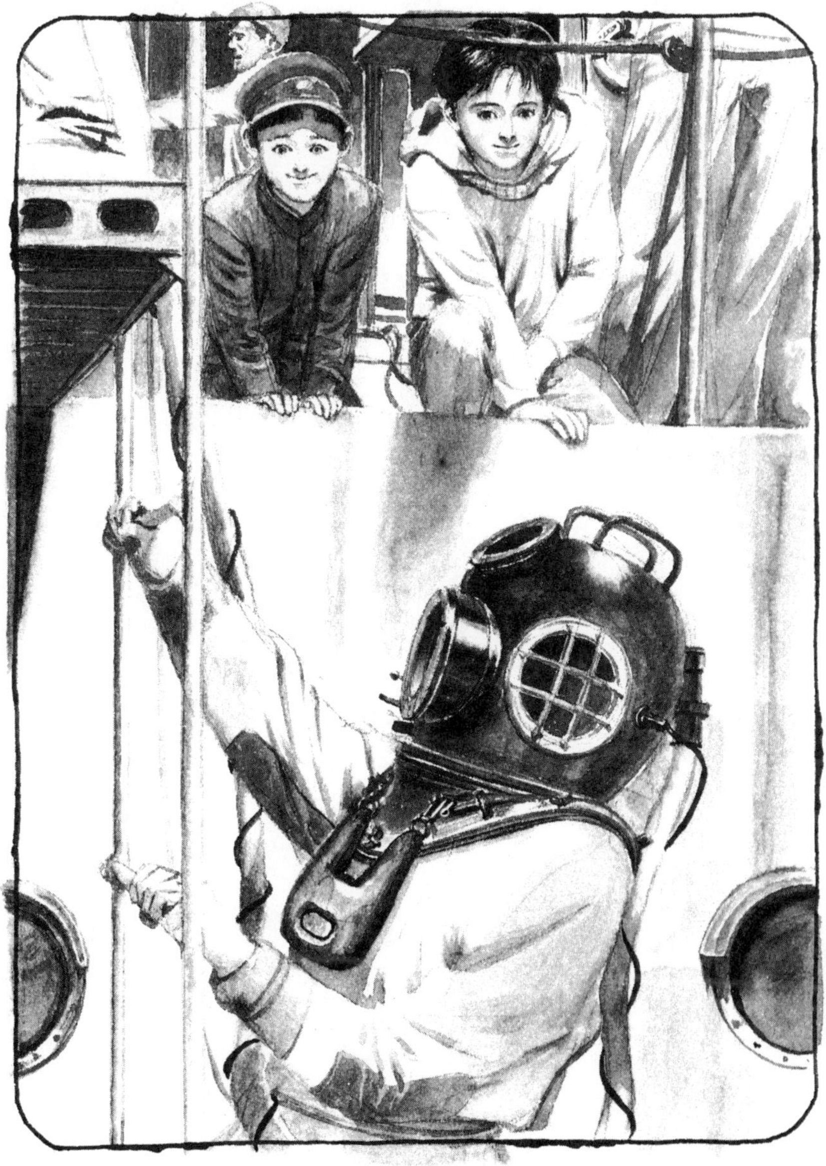

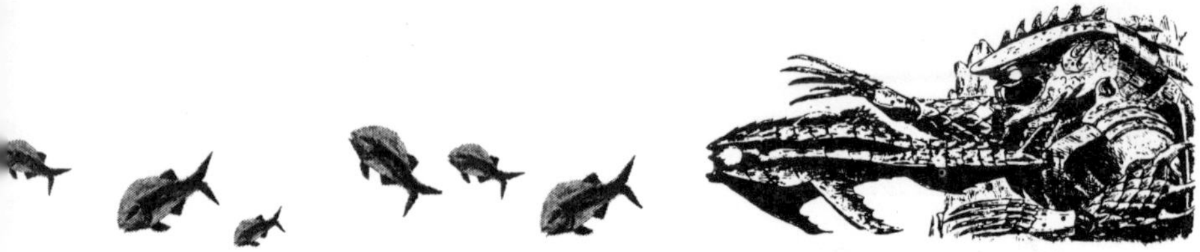

發現金塊。

船艙的地面傾斜三十度，穿著鉛鞋每走一步，感覺就快要滑倒似的。但是和陸地不同，即使滑跤也不會摔倒，因為在水中身體變輕了。腳一滑，海草根，不，積存了十公分高的垃圾，全都在眼前漂動，看不清楚對面。

此外，在海草之間穿梭的魚也成群結隊的逃了出來，在水中手電筒的照明下，鱗片閃爍著金色和銀色的光芒，非常美麗壯觀。

潛水員的橡皮潛水衣袖長達手腕，手上則戴著棉製軍用手套，這樣才方便工作。一名潛水員滑倒在傾斜的地面，手按住了骯髒的垃圾。這時候，感覺手觸摸到了硬物。

「喂！有屍體（死者）。」

如果是在陸地上，就會直接通知同伴。但是，因為穿著潛水衣，雙方不能夠交談，因此，利用水中手電筒朝側面揮了兩、三次，打訊號讓對方看著這一邊。潛水員撿起垃圾中的硬物，拿到手電筒前。

原來是骷髏頭！好像是黑洞一般的眼睛，長長的牙齒。雖然潛水員已經習慣面對沈船的骸骨，但是，還是覺得有點奇怪。一名潛水員把手伸到手電筒光的前面，手上握住了骨骸的足骨。

水中手電筒照著地面上的垃圾附近，發現到處都是觸目驚心的手骨、足骨等骸骨。啊！大洋丸的船員全死在這個房間裡，現在都變成了散落一地的骸骨。

怪物！怪物！

兩名潛水員看到骸骨，當然覺得毛骨悚然。但是並非害怕，他們都是強壯的年輕人，不會因為這點小事就膽怯。

但是，勇敢的潛水員突然遇到了讓他們嚇得渾身發抖的事情。

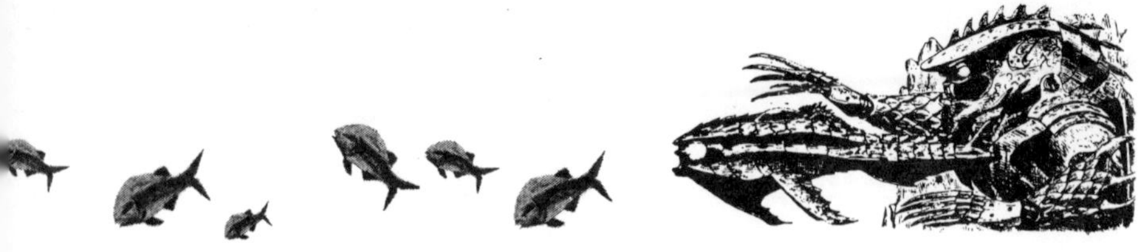

兩個人發現骸骨之後，打算再深入探查，手電筒微弱的光照著對面的海草，結果發現海草在那裡移動著。先前兩個人走路時，周圍的海草就會晃動，但是，連遠處的海草也會動，這讓他們百思不解。也許是有大魚躲在裡面，這附近的海中也會有大魚。

此外，也有一些巨大的螃蟹會聚集在這裡。他們不知道海草後面會跳出什麼東西來，覺得很感興趣似的。於是，一邊用水中手電筒照著那個方向，一邊朝那兒接近。

結果，從搖搖晃晃如海帶一般的海草中，竄出一個黑色東西。也許是螃蟹腳，但卻是很大的腳。

有如黑色腳的東西，前方分開成數個，然後突然彎曲起來。每一個好像都是利爪似的，就好像人類的手指一樣。但是，這黑色的東西怎麼可能會是人類的手指呢？

潛水員們站在那兒，開始心生恐懼。

黑色的手臂伸了出來，露出黑色的肩膀，臉看著這邊。

潛水員發出了「啊」的叫聲。

那是擁有像磷火一般，綠色光芒的兩個大眼睛，還有大及耳朵的嘴巴。嘴巴中露出兩顆白色的尖牙，而黑色的鐵頭上，有好像雞冠般鋸齒狀的東西。

潛水員們並沒有看過鐵人魚，但是，聽說那傢伙曾經躺在「隼丸」的甲板上。終於知道這傢伙就是鐵人魚，怪物真的跟隨「隼丸」來到了潮岬，而且很快的就進入大洋丸的船艙中。

潛水員們嚇得全身發抖，想要逃走，但是，怪物已經現身，朝著兩人撲了過來。

啊！太可怕了。這就好像電影中火車頭衝撞過來的情景一般。

怪物的兩顆眼睛發出綠光，白牙在水中衝了過來。

「人魚！是鐵人魚！趕快把我們拉上去！快把我們拉上去！」

潛水員們在頭盔中大聲喊叫。當然，這聲音藉著通話線傳到了「隼丸」上。

兩人掙扎著想要從船艙逃開，但是，怪物卻從身後伸出可怕的手，擋住他們的去路。

其中逃得較慢的一名潛水員，腳很快的就被怪物抓住。尖銳的五根利爪緊緊的嵌在潛水衣上。

潛水員拚命的掙扎，掄起右手的鐵棒，拚命的敲打怪物，怪物終於鬆開了手。

經過一番纏鬥，兩個人終於從船艙浮到了船口，但不知道為什麼，怪物竟然沒有追趕過來。

魚形潛水艇

當潛水員們回到「隼丸」，報告怪物的事情時，船中引起一陣大騷動。宮田以及一些重要人物，全都聚集在船長室中商量。

「牠真的跟著這艘船來了，可能想要奪走金塊。一定要加以阻止才行。」

宮田臉色蒼白，很擔心的說著。這時船長點頭說道：

「我無法處理這樣的怪物，看來必須求助海上自衛隊，將大砲發射到海中，也許就能夠射殺牠。總之，先利用無線電聯絡總公司，同時請大阪方面派支援隊過來。」

這時，在座的打撈公司的技師開口說道：

「但是，這樣太費時間，而且怪物已經盯上金塊了。到時候金塊被

奪走，就一切都完了。……船長，乾脆由我們把牠逮捕，你覺得如何？」

「你是說用潛水機嗎？」

「是的，我進入潛水機中，看守著怪物。即使是鐵人魚遇到這部機械，恐怕也無可奈何。」

「嗯！也許只有這個辦法了。那麼，你願意試試看嗎？」

潛水機就是用厚鐵做成的圓形機械，人鑽入裡面可以潛入海底。感覺就好像鐵球一樣，同時還有玻璃窗，在上面有好像探照燈一般的水中電燈，可以看清楚海中的一切。

這個鐵球有兩根鐵手臂，在前端則帶有能夠夾住東西的大爪子，也就是鐵爪。

打撈公司在進行潛水員無法進行的深海海底的工作時，就會使用這個潛水機。船長為了以防萬一，已經把這個機械帶來了。

「隼丸」有處理這種潛水機的小型起重機。數名船員開動起重機，利用鋼索從船艙將潛水機吊起，然後技師進入裡面。接著關閉機械時，起重機掉頭轉向海面，將潛水機放入海中。

潛水機中有好像飛機駕駛艙的設計，什麼事情都可以做。座位前面有一些按鈕，只要按下按鈕，就可以自由操縱外面的鐵手臂或鐵爪。

技師可以從玻璃窗看到海中的情形。機械不斷的下降。藉著窗上強力的電燈燈光，可以看到十公尺遠的景物。透過燈光看到大大小小的各種魚類，忽左忽右地游來游去，真是非常美麗的景色。

潛水機並沒有進入沈船的船口中，打算待在船口入口附近觀察裡面的情況。

從玻璃窗往外看，海底沈船越來越大，亦即朝著沈船接近了。

「咦！好大的一條魚喔！」

技師不禁自言自語的說著。在燈光照不到的對面微暗處，看到好像小鯨魚一般大的魚朝這兒游過來。

這附近當然也有可能會出現鯨魚，但是，牠和鯨魚不一樣。奇怪的是眼睛非常大，就好像汽車的車頭燈似的，閃耀著光芒。牠的眼睛和鰺魚的眼睛一樣大，但是，身體卻比鰺魚大了數萬倍，真的有這麼奇怪的魚嗎？

正在思索之際，這條巨大的魚朝這兒逼近。不光是眼睛大，嘴巴也好像鯉魚鰭似的呈圓形，而且嘴巴一動也不動。眼睛的光越來越強，有如探照燈一樣，前面的水頓時都亮了起來。

在大魚的背上，感覺好像有氣囊似的東西。是扁平的袋子。

「咦！那不是魚，是鑽入海中的小型潛水艇，是魚形潛水艇。」

技師突然放聲大叫。那是用鐵打造的。看起來像兩個眼睛的位置，實際上是潛水艇的前頭燈。而圓圓的嘴巴，可能就是大砲的砲筒。

這麼奇怪的潛水艇，到底是從哪一個國家來的呢？不，不，應該不是從哪個國家，而應該是從惡魔國度來到這兒的。

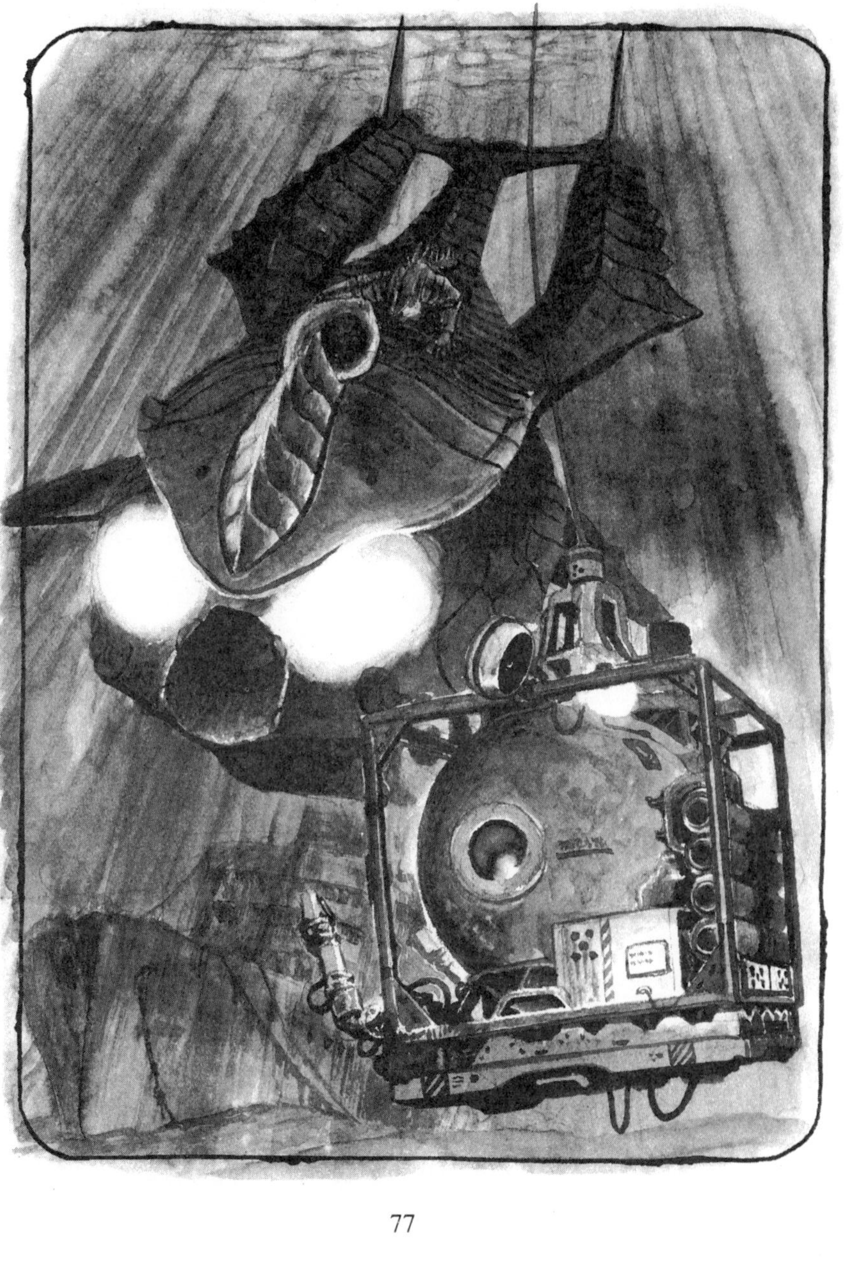

海底大鬥爭

「咦！真是奇怪的東西，到底那是什麼呀？」

技師嚇了一跳，看著潛水艇的背部。由於前面兩個眼睛的光太強了，因此看不清楚背部，但是，感覺有可怕的東西趴在上面。

原來是鐵人魚。鐵的臉，鐵的雞冠，嘴巴裂開至耳朵附近，露出兩顆尖牙。身體像鱷魚一樣的怪物，就好像壁虎一樣，黏在魚形潛水艇的背部。散發綠光的眼睛，一直瞪著這邊。

技師在鐵球中，原本不管什麼怪物過來都不用怕，但是，因為鐵人魚的樣子實在是太可怕了，嚇得技師身體縮成一團。

魚形潛水艇就在眼前，對方能夠自由的移動，而自己卻因為被「隼丸」的鋼索吊住，所以無法逃走。

技師透過潛水機中的對講機大聲呼叫著：

「快點把我拉回去……，可怕的潛水艇過來了，潛水艇的背上有鐵人魚……。」

「什麼？潛水艇？真的嗎？」

「隼丸」船長的聲音，從對講機中傳來。

「是呀！像魚形狀的可怕潛水艇就在眼前，很危險！快，快點把我拉上去。」

於是，「隼丸」開始進行拉起鐵球的作業，而潛水機也慢慢的被往上拉了起來。

這時，突然發生了可怕的事情。

眼前魚形潛水艇好像圓口一般的洞穴，竟然吐出像蛇一般長的黑棒。棒子前端一分為二，好像剪刀一樣。這個剪刀延伸到了技師所乘坐的潛水機上方。

技師從上方的小玻璃窗往上看，啊！怪物的鐵剪似乎正打算剪斷吊著潛水機的鋼索。

「糟糕了，敵人想要剪斷鋼索。快點，快點，快把我拉上去。」

「隼丸」加速運轉，但因為捲起鋼索的馬達力量太大，潛水機不斷的搖晃，幾乎快要撞到正上方的魚形潛水艇。

技師不停的轉動前方的方向盤，而在潛水機外的鐵手臂也朝左右晃動，敲打著潛水艇的側面。趴在潛水艇背部的鐵人魚，突然抬頭看著這邊，用散發出磷火一般的眼睛瞪著技師。

技師又開始轉動方向盤。鐵手臂似乎想要捉住怪物牠那如鱷魚一般的尾巴。

潛水艇的鐵舌和潛水機的鐵手臂，開始糾纏在一起。這是機械和機械的搏鬥。

海底的水頓時形成漩渦，魚四散逃竄。圓鐵的潛水機不斷的晃動，潛水艇並沒有放掉鋼索，尾巴忽左忽右的揮舞。在背上的鐵人魚橫衝直撞，持續展開搏命演出。

但是，「隼丸」捲繩索機的力量比鐵剪的力量更強，鋼索不斷的被捲起。潛水機終於擺脫了鐵剪，被拉回海面。

離開潛水機，登上「隼丸」甲板的技師，全身濕透，滿臉通紅的喘著氣。稍做休息之後，他向船長與賢吉的父親，詳細述說海底的戰況。

「沒想到敵人竟然有潛水艇。鐵人魚似乎有很多同夥，這真是令人難以想像。我們用的是無法自由運作的潛水機，而敵人竟然擁有能夠在海底自由穿梭的潛水艇。看來只能夠用爆雷（在水中到達一定深度時會爆炸的攻擊潛水艇用的武器）。」

只能夠拜託海上自衛隊支援。船長用無線電通知大阪分公司。而這時分公司傳送回來的無線電內容令人感到驚訝。

「明智偵探帶來了有力武器，今早出發。預定下午五點到達。」

啊!太棒了,明智偵探要來了,而且還帶來了有力的武器。大家都興奮得高呼萬歲。

明智偵探來了

再過一個小時,就是下午五點了。大家站在甲板上,等待載著明智偵探的船到來。

「有力的武器到底是什麼?即使是名偵探,也不會知道敵人有魚形潛水艇。不知道有沒有可以戰勝潛水艇的武器,真是令人擔心。」

船長使用無線電詢問技師,但是,並沒有提到關於武器的事情。

小林少年和賢吉少年,開心的在對話。

「小林團長,明智先生真了不起。昨天你從船上發出了電報,他知道鐵人魚的事情之後,立刻到了大阪,一定是搭飛機去的。而且今天一大早就從大阪港出發了，還帶來了有力武器，但是，那到底是什麼東西呀？」

「我也不知道。老師每次都想得比我們更遠。在發生這件事情時，相信他已經準備好了武器。不說那麼多，只要老師來了就沒事了。」

小林高興的笑著說道。

終於看到遠處水平線的一端冒起了一縷輕煙，用望遠鏡看去，看到白色輪船小小的身影。原來是商船公司的快艇「海鷗號」。這是定期通往潮岬的客船，也是速度非常快的船。接到電報的通知，知道明智搭乘這艘船前來。

船身漆成白色的海鷗號顯得越來越大，「隼丸」甲板上的人都揮舞著手帕，高呼萬歲，準備迎接船的到來。

美麗的海鷗號在距離五十公尺的海面上停了下來，放下小艇。對面甲板上的船客們全都聚集過來，看著這一切。相信他們一定是聽到了關

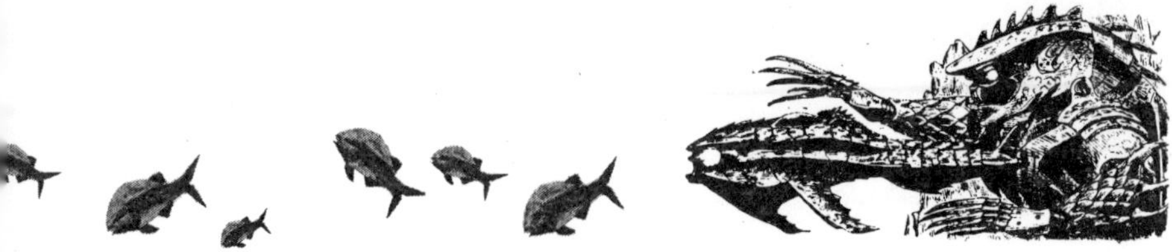

於打撈金塊的傳聞。

放下來的小艇，由四名水手划槳，一直線的朝著這兒接近。「隼丸」的甲板上響起高呼萬歲的聲音。

站在小艇上的，是名偵探明智小五郎。他的身材高大，穿著黑色西裝，一頭蓬鬆的頭髮隨風飄盪，高舉右手向大家招呼。

「咦！那是什麼？看起來像是海怪一樣，那是什麼東西呀？」

大家叫著，一看，在海鷗號的船尾，黑色的怪物追著小艇朝這兒過來。那是背上有顆大瘤，好像鯨魚一般的黑色傢伙。仔細一看，背上的瘤插著好像吸鐵一般的東西。小林大叫著：

「阿賢，那是潛望鏡，是能夠從潛水艇中看到海上的潛望鏡，所以那是潛水艇。哇！太好了，我們的潛水艇來了。」

「真的嗎？哇！已經沒有問題了。一定能夠擊潰敵人的魚形潛水艇。小林團長，明智先生真是太了不起了。」

兩名少年高興的手足舞蹈。甲板上的人知道是同志的潛水艇到來，也引起了大騷動，只聽到高呼萬歲的聲音。

小艇終於橫陳在「隼丸」旁邊。明智爬上了鐵梯，登上甲板，抱著過來迎接他的小林的肩膀，同時向賢吉的父親、船長和技師打招呼，互相交換了意見。許多船員們立刻圍了過來，看著名偵探。

「是嗎？敵人有潛水艇嗎？我沒有想到。不過，我心想要擊潰鐵人魚，沒有潛水艇是不行的，所以早就準備好了。現在日本沒有像以前海軍所使用的潛水艇，但是，民間所製造的海底遊覽用的小型潛水艇，是由東洋輪船公司保管。知道之後，我就得到了這個東西，早就已經準備好，隨時都可以發動。這是潛水艇，不能夠發射水雷。雖然比海軍的潛水艇更小一點，但應該還是可以用來威脅敵人。」

潛水艇從神戶開到大阪，在海鷗號的帶領之下，來到這裡。

交談一會兒之後，明智想出了妙計。

「那潛水艇上有兩名技巧純熟的駕駛，他們擅長操縱潛水艇。只要把潛水艇潛到大洋丸旁，就可以嚇阻敵人的潛水艇。至少可以讓敵方的潛水艇遠離大洋丸三十分鐘的航程。我們的潛水艇有無線電裝置，可以隨時接到報告。

在三十分鐘內，由潛水員鑽進船中，搜尋大洋丸的金塊。三十分鐘之後再回來，以這樣的方式進行搜索行動。」

總之，目前只有這個方法。於是叫來駕駛，下達詳細指示後，潛水艇潛入海中，明智的潛水艇和敵人的魚形潛水艇終於即將展開對決。

條紋怪人

大洋丸沈入的海底附近，魚形的潛水艇正伺機而動。在其背上還趴著鐵人魚。這怪物從潛水艇上方的玻璃窗，指示裡面的手下，就好像將軍騎在馬上一樣的趴在潛水艇上。

就在這時，水開始劇烈晃動，上方有大而黑的東西潛了下來，原來是明智的潛水艇。這艘潛水艇是遊覽用的潛水艇，前面和側面都有玻璃窗，窗中射出艇內的燈光。遠遠看起來彷彿是三隻眼睛的怪物一般。

鐵人魚發現到突然潛到海裡的潛水艇，於是迅速轉過身來，瞪著潛水艇。

潛水艇潛到和魚形艇同樣的深度後停住不動，艇內的光線不停啪啪閃爍著。三面玻璃窗在燈光閃爍時，有如眨眼睛似的忽明忽暗。

原來潛水艇按照明智偵探的吩咐，利用光線發出摩斯訊號（美國的撒米爾・摩斯發明的通訊符號。藉著長短兩種組合來表達文字的含意）。用光打出了「通通嘶」的電信摩斯訊號，藉以確認怪物群中是否有人懂得摩斯訊號。

這時，魚形潛水艇的兩個眼睛也開始啪啪的閃動，回答看得懂摩斯

訊號。於是雙方展開真正的通訊。

「立刻離開此地，否則我們就要發射水雷。」

雖然沒有水雷（塞滿炸藥，在水中引爆，用來破壞敵人船艦的裝置），但是，因為和海軍的潛水艇外觀相同，因此一定可以威脅敵人。

結果，魚形潛水艇真的開動了，離開了大洋丸旁，逃之夭夭。

於是，潛水艇立刻開始追趕。兩艘小型潛水艇在海底展開追逐戰。三隻眼睛的怪物，追趕兩隻眼睛的小鯨魚，行經的海水不斷的晃動，連魚都被彈開。細長的海草凌亂的搖動，海底正進行著一場激烈的海底追逐戰。

明智的潛水艇畢竟是遊覽用的，速度並不快，所以很快就追丟了速度較快的魚形艇。

又追了五分鐘，還是看不到敵方的蹤影，看來對方一定是關掉了兩個前頭燈，躲在海底黑暗之處，暫時銷聲匿跡。眼看敵人啪的就消失無蹤，彷彿使用隱身術似的。

趕走敵人之後，只要在大洋丸的周圍巡視，負責警戒即可。於是趕緊用無線電通知在「隼丸」上的明智偵探。

「敵人的潛水艇和怪物都逃走了，請立刻派潛水員下來。」

「隼丸」接到電報後，馬上派遣裝備妥當正待命中的潛水員到大洋丸。他們都是技術純熟的潛水員。

右手拿著鐵棒，左手拿著水中手電筒的潛水員，再次進入船艙，登上船口。鐵人魚已經逃走，沒什麼好怕的，現在只要專心找出金塊就可以了。

揮舞著水中手電筒照亮四周，看著廣大的船艙。其中一面牆壁有大的四方形洞，潛水員們在心中喃喃自語著「真奇怪」。仔細一看，到處都是貝殼，根本看不清楚。不過，裡面有門，而且門是敞開的。

門不可能是敞開的，一定是有人比自己先來一步，打開了門。想到

此處，潛水員困惑不已，停下腳步。鐵人魚已經離開，到底是誰打開門的呢？

難道怪物群裡有人來這裡打開門，企圖偷走金塊嗎？這可是很嚴重的事情。為了確認他的想法，移動著手電筒，仔細搜尋門後方。

門後的小房間透出一絲光亮，水中手電筒照到地板。凝視細看，發現那裡躲著可怕的東西。

那傢伙有人類的外形，但不是普通人，是個全身有粗的黑白條紋相間的怪人。讀者應該看過美麗條紋的鯛魚，而這怪物和鯛魚的色彩完全一樣。

雖然牠有一張人臉，可是有如大猩猩般的猙獰。即使隔著玻璃，仍然可以看見閃耀著光芒的眼睛，而且頭後方還有如機關似的黑色鋸齒狀東西附著。腳趾則像海豹的鰭一樣，有著大水蹼。

這怪人夾著一個木箱，正朝這個方向過來。在其後方的牆壁旁還堆

著許多同樣的木箱。

「啊！我知道了，金塊就在這裡。放在木箱裡，擺在這裡。」

潛水員突然領悟到這一點。黑白相間的怪人目的真的是這些金塊。

潛水員朝著潛水頭盔中的通話口大叫：

「發現金塊大盜，是黑白相間的怪人。快點捉住他！請求支援。」

說完之後，一股腦兒的撲向怪人。

怪蟹

在深水中無法立刻撲過去，只能夠像游泳一樣的慢慢接近對方。

黑白相間的怪人看到之後，嚇了一跳。丟下金塊箱，想要逃走，但是已經來不及了。鯛魚似的怪人與彷彿穿著西方鎧甲的潛水員之間，展開了驚人的纏鬥。

這個房間裡堆積了二十餘年來海中的垃圾，所以，當兩個人在搏鬥時，垃圾到處漂流，猶如煙霧瀰漫一般。

黑白相間的怪人想要逃走，連打帶拖的兩人逐漸來到門外，很快的就來到可以登上甲板的鐵梯下面。

附近長滿海帶似的大葉片海草，魚兒們四處逃竄，想要逃跑。這時，穿著鎧甲的潛水夫和黑白相間的怪人橫躺下來，糾纏在一起。和陸地上的打鬥不同，海底的格鬥有如電影中的慢動作，更顯得驚險萬分。

來到階梯下，黑白相間的怪人突然振作起來，好像魚活蹦亂跳一樣，不斷的彈跳。掙脫了潛水員抓他的手，拉開兩人之間的距離。

怪人利用附在腳上的大水蹼拚命的踢水，朝階梯游過去。由於潛水員穿著帶有沈重鉛塊的鞋子，所以無法像他那麼靈敏。只能一階一階的往上爬，不久之後，眼睜睜地看著敵人順利逃走。

潛水員趕緊回到原先的船艙，拿著水中手電筒，照著甲板。

這時，看到距離大洋丸巨大船身稍遠處的海底，有白光迅速地在移動，原來是水中手電筒。怪人不可能拿著水中手電筒逃走。既然不是怪人，到底是誰呢？

「啊！我知道了，我的同伴已經跟上來，同時，發現怪人而前去追趕。」

潛水員心裡這麼想，趕緊朝那兒游去。先前透過潛水頭盔中的對講機請求隼丸「支援」，所以一名潛水員已經潛了下來。

怪人沒有手電筒，無法辨別方向，就好像在海帶林中徘徊似的，被兩名潛水員前後包夾。像怪物眼珠般的水中手電筒，從左右不斷的朝怪物逼近。

不久，怪人終於穿越海帶林，逃到岩石林立的海底。兩名潛水員則在他身後五公尺處追趕。

怪人黑白相間的身影躲在大岩石後，兩名潛水員努力追趕，但是無法像陸地上跑得那麼快。追到岩石後面時，怪物已經消失無蹤。

到底逃到哪裡去了呢？用手電筒照著四面八方，不斷的搜索，就是沒有發現敵人的蹤影。

不可能在短時間內逃掉，可是除了這些岩石之外，沒有其他可以躲藏的場所。二名潛水員們直呼「真奇怪！」困惑的看著彼此。

兩個人繼續在附近找尋，突然發現大岩石底部有東西在蠢蠢蠕動，原來是藍黑色的岩石在移動。他們嚇了一跳，趕緊用水中手電筒照向那個地方。

不，不是岩石，而是和岩石一模一樣的不明物體，離開岩石底部，正朝著這兒過來。

「啊！是螃蟹。」

一名潛水員隔著頭盔大叫，聲音清楚的傳到了「隼丸」的接收器中。

看似岩石，不料竟然是一隻巨大的螃蟹，比人類大兩倍，擁有一公

尺長的大鉗子。一開一閉，八隻腳慢慢的朝這兒爬過來。

如橡皮球般大的白色眼珠不停打轉，朝著這裡逼近。

「哇！」的叫聲變成二重奏，傳到「隼丸」的接收器中。兩名潛水員大叫著逃走。

怪蟹追趕在潛水員身後約五、六公尺處，突然好像想起什麼似的，又掉頭朝另一邊前進，消失在黑暗中。

兩名潛水員利用潛水頭盔中的對講機，要求「隼丸」立刻把他們拉上去。

兩名潛水員被拉回「隼丸」的甲板之後，眾人圍了過來，聽他們訴說海底發生的事情。

聽到這裡，明智偵探側著頭思考了一會兒，說道：

「不可能有這麼大的螃蟹，可能是歹徒的把戲吧！穿著看起來像螃蟹的衣物逃走。這衣物一定是用薄薄的金屬或塑膠做成的，可以摺疊成一小件塞在岩石的洞中。」

「咦！難道那隻螃蟹裡面就藏著金塊大盜？」

一名潛水員驚訝的問道。

「只有這個可能。躲在岩石後面不可能憑空消失，這是人類做不到的事情。金塊大盜怪人團是魔術師，終於開始露出他們的本性。越來越有趣了，我真的很想看看這個魔術師。」

名偵探面露微笑，用手指撥弄他那蓬鬆的頭髮。

飛散的金塊

這時，已經接近黃昏，天空被夕陽染紅，眼看太陽就要西沈。東邊的天空逐漸變暗，黑暗籠罩著大地，夜晚終於來臨。

敵人知道收藏金塊的地方，也許會趁著晚上去偷。明智偵探、船長

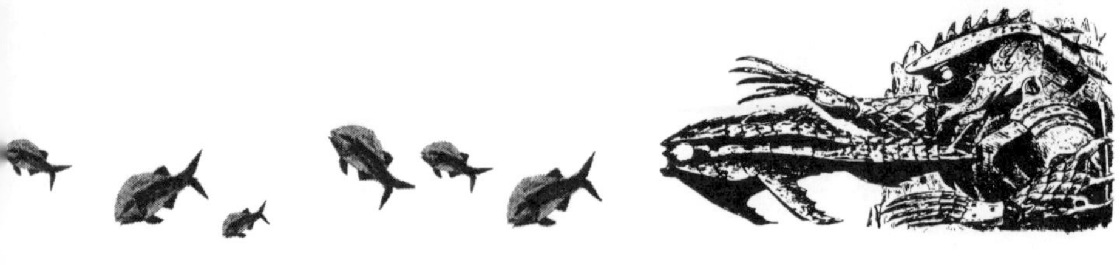

和賢吉的父親宮田先生等人，也正商量著。即使是夜晚，也要趕緊把金塊打撈起來才行。

「隼丸」，已經準備好用粗大鐵鍊做成的大鐵網，用來打撈沈重的物品。

只要將大鐵網勾上鋼索，利用起重機沈到海底，再把金塊箱擺在鐵網上，就可以順利取回金塊。

於是用無線電通知，負責警戒敵方魚形艇的潛水艇先開上來，做好萬全的準備之後，和鐵網一起沈下去，負責周圍的警戒，直到金塊全都打撈起來為止。

雖然鐵網上載著三名潛水員，但光是這樣還無法安心。巨大的鐵球潛水機也一起沈入海底，在大洋丸甲板的船口外，負責監視。

動員所有船員的力量，做好萬全準備之後，這時，小林少年向明智偵探要求道：

「老師，讓我也坐在潛水機裡面嘛！我是個小孩，不能夠像潛水員一樣潛水，但如果是潛水機，應該沒有問題。我可以坐在技師前面，那裡應該還有空間讓我坐才對。老師，拜託你了。」

明智偵探把小林少年當成自己的孩子一樣的疼愛，聽他這麼要求，當然無法拒絕。於是和技師商量，技師笑著說道：

「這麼想坐的話，就跟我一起坐好了。不過有點擠喔！小林的個子小，應該是沒問題。能夠和可愛的小林一起坐潛水機，這是我的榮幸呢！」欣然答應。

「小林團長，你要坐潛水機嗎？我也想要坐。」

賢吉少年很羨慕的說著。

「你爸爸一定不會答應的。你比我更小，還不習慣冒險。不過，我先坐看看，如果沒有問題，下一次就輪到你坐了。」

小林安慰賢吉的說道。

準備工作花了三十分鐘。首先潛水艇潛下去，在大洋號的周圍警戒，接著沈下潛水機，最後則是鐵網和三名潛水員一起沈下去。

小林興奮不已，靠在技師的膝上，蜷曲著身體，全神貫注的看著前面的玻璃窗。

潛水機附設如電車車頭燈般的強力電燈，可以看清楚漆黑的海底。魚在窗外游著，柔軟而透明的水母在那兒飄著。突然水母跑到自己的上頭，原來是潛水機的鐵球不斷的下降，好像在搭乘升降梯似的。

「你看，那就是大洋丸，很大吧？」

聽到技師的話，往下一看，看到覆蓋貝殼的巨大船身。潛水機朝船身接近，停在大洋丸甲板的船口附近。

對面有好像眼珠般發亮的東西通過。

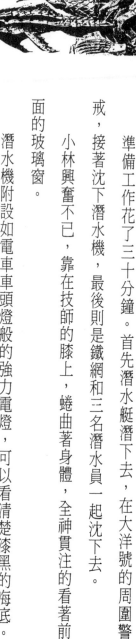

「咦！那好像是汽車的車頭燈？」

「是潛水艇。它在大洋丸的周圍巡邏，準備對付敵人魚形潛水艇的

突然出現。」

這時，從空中，不，應該說是從海中的上方，有奇怪的東西迅速落下來。原來是鐵網和在鐵網上的三名潛水員。

鐵網落在船口的甲板附近。三名潛水員揮舞著水中手電筒，朝潛水機裡的人員打招呼，接著就陸續進入船口內。

三條繩索和送氣管猶如細長的藤蔓，不斷的晃動著。不一會兒，其中一條突然挺直，原來是從上面被拉起。一名潛水員扛著四方形的木箱從船口走了出來。他把箱子放在鐵網上，然後又回到船口中。

很快的，另一名潛水員出現，同樣的把箱子擺在鐵網上，然後又回去。接著另一名潛水員又出來。三名潛水員輪流在船口出入，於是鐵網上的箱子數目不斷增加。

金塊箱總共有三十個，不可能一次打撈起來，所以先將一半，也就是十五個箱子放在鐵網中。潛水員用對講機通知上面的船，將箱子打撈上岸。

載著十五箱金塊的鐵網，用粗大的鐵索吊著，開始搖搖晃晃的往上拉。三名潛水員站在甲板上，看著鐵網逐漸遠去。

但是，當鐵網被往上拉十公尺時，潛水員突然跳起來，用雙手指著鐵網上方，表情非常奇怪。

另外兩名潛水員也同樣伸出雙手，在那兒指指點點。

「咦，真奇怪！喂，將潛水機往上拉十二公尺，我要檢查鐵網的繩子到底發生什麼事。立刻往上拉！」

技師朝對講機大叫著。

潛水機搖晃著，往上升到超過鐵網，來到繩索旁。

「以相同的速度往上拉鐵網和潛水機。」

透過對講機下達指示，並轉動前面的方向盤。潛水機的窗子面對繩索，用強力的燈光照著。

「咦！是螃蟹，螃蟹擋住了繩索。」

小林驚訝的大叫。比人大兩倍的怪蟹，拼命纏繞住鐵網的繩索，不知道在做些什麼。

「啊，糟了！那傢伙打算切斷繩索。你們看，大鉗子好像鋸子一樣在移動。」

這時，技師也跟著大叫，同時朝對講機說道：

「回來，用潛水機接近鐵網，有個怪傢伙想要弄斷繩索，我要用鐵爪攻擊它。」

朝繩索逼近，巨蟹就在眼前移動。

「要開始作戰了，大家注意，用鐵爪擊敗那傢伙！」

技師握住前面的方向盤，聽到吱的聲音。安裝在潛水機側面巨大的鐵爪啟動了。

螃蟹的背部面對這個方向，於是鐵爪朝那裡伸過去。但是，由於潛水機是從上方往下攻擊，所以無法隨心所欲的操縱。差一點，還沒有抓到巨蟹。

「再靠近一點，再靠近一點！」

對著對講機大叫。技師咬牙切齒，轉動方向盤。

「啊！抓到了，抓到了，我們夾住牠了！」

方向盤喀鏘的轉動著，鐵爪伸出去夾住了螃蟹的兩隻腳，並將其剪斷。

然而對方卻毫不在乎，即使被剪斷兩隻腳，還是繼續行動。

牠的動作越來越大，不斷傳來吱、吱聲，連在潛水機中都聽得一清二楚。

鐵網和潛水機被全速往上拉。

必須趁著繩索還沒斷之前，趕快拉上去。

眼看著距離「隼丸」只剩十公尺，還差一步。

但就在這時，啊！繩索斷了。怪蟹離開繩索，瞬間就消失蹤影。鐵網以驚人的速度往下墜落。鐵網張開時，十五個箱子散落在海中。有的撞到大洋丸的甲板，有的則撞到海底的岩石。生鏽的木箱被撞壞，閃閃發光的金塊散落一地。

賢吉少年的危難

得知這件事的「隼丸」，船上引起一陣騷動，只好立刻派遣五名潛水員下去撿拾金塊。五人都要潛水，必須做好萬全的準備。因為是在漆黑的夜晚進行，所以工作更加困難。

「隼丸」的甲板上點亮了一些電燈，船艙下的許多船員們正忙著做潛水的準備。

賢吉少年，在父親的身邊看著這一切。突然有事要回到自己的船艙去，來到通往下層的船口時，發現對面漆黑的甲板上，有一名船員在向自己招手。

船上許多人全都在船的另一邊做準備，讓潛水員潛入海中工作。電燈也朝那個方向照，所以其他的甲板一片漆黑。在這麼漆黑的甲板上，竟然有船員對自己招手，賢吉少年覺得很奇怪。

「什麼事呀？」

賢吉詢問對方。對方笑著說道：

「小林團長在那裡等你，他要我來帶你過去。」

小林團長，指的當然是明智偵探的助手小林少年。

小林少年不是已經坐在圓的鐵潛水機中潛入海底嗎？先前潛水機被拉上來，他應該已經離開潛水機，回到自己的房間休息了，為什麼現在要找賢吉少年呢？

「小林團長在什麼地方？」

賢吉又問他，船員則指著船尾。

「在那裡，他說有急事找你。」

說完就朝著漆黑的船尾走了過去。雖然賢吉覺得很納悶，但是，他想「隼丸」上應該沒有敵人，而且既然是少年偵探團團長小林叫他，身為團員一定要奉命行事，於是尾隨船員而去。

船尾的甲板非常黑暗，讓人覺得毛骨悚然，而且看不到人影。

「小林團長在哪裡？沒有人呀！」

賢吉感到有點害怕而問對方。那名船員說道：

「在那裡，就在那個酒桶後面。」

說著牽起賢吉的手。

仔細一看，前方大約三公尺處擺著一個大的啤酒桶，那個桶子比普通的啤酒桶更大。

小林團長躲在啤酒桶後面做什麼呢？困惑不已的賢吉立刻跑過去

一探究竟，不料桶的另一邊根本沒有人。大桶上沒有蓋子，難道他躲在桶中？賢吉湊近一看，桶中既沒有酒也沒有水，空無一物。

「咦！做什麼……。」

正想開口時，突然有隻大手摀住賢吉的嘴巴。雖然想要掙扎，但是另一隻手已經夾住他的身體，使他動彈不得。

船員夾著賢吉，把他推入大桶中，蓋上蓋子。從口袋裡掏出釘子和榔頭，叩叩叩……開始把桶蓋封死。

事情發生得太快，船上的人又都忙著做潛水準備，所以根本沒有人發現。這個可疑的船員到底是誰？為什麼要抓賢吉呢？

難道他是鐵人魚怪物群中的一員嗎？當「隼丸」離開大阪時，他就假扮成船員混進來了嗎？

船員用長的船繩纏繞著桶子，把桶子抬起來，抬到船尾的船邊，低頭俯看黑暗的海面。

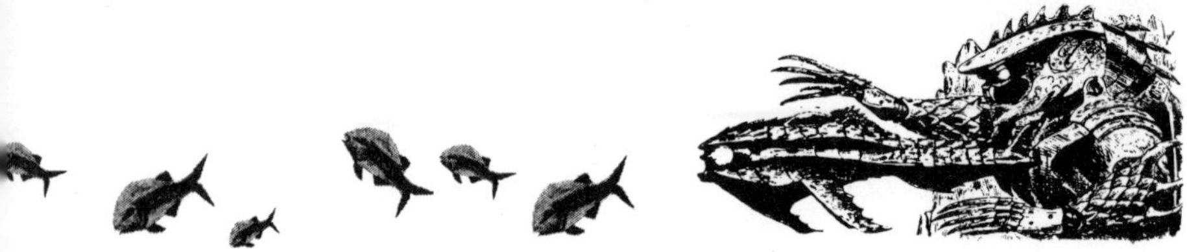

就在這時，距離「隼丸」三十公尺的海面，突然看見亮光，海上有如玻璃般圓形的東西浮上來，裡面亮著的燈光，很快就熄滅。一看就知道是那可怕的魚形潛水艇。

像鯨魚般黑色的船身浮了上來，背部露出圓形玻璃似的東西，裡面的電燈亮了起來。一定是在向「隼丸」的船員打訊號。

接著可怕的事情發生了。船員用雙手握住繩子，把裝著的賢吉的桶子從船邊丟到海面上。就這樣，桶子在波濤中載浮載沈。

船員脫掉上衣，剩下一件襯衫。他將長繩的一端穿過船邊扶手，自己抓著長繩也落到海面上。然後把綁在船邊的長繩繫在自己身上，悄悄的游離「隼丸」。當然是朝著魚形潛水艇游去。

就在船員在海面上游泳時，用繩子綁著的桶子被拉過去，慢慢的朝著魚形潛水艇接近。

魚形艇背部的圓形玻璃，似乎正在等待他們過來似的，很快的打開，露出一張人臉。

「順利嗎？」

「順利，小孩在桶子裡面。把這繩子綁在尾端好了。」

海中的船員回答著，登上了魚形艇，從玻璃蓋的入口滑了進去。

裡面的男子則拿著魚形艇背部繩子的一端，跑向船艇的尾端。

不久之後，那個男子又回來了。

「已經牢牢的綁住，沒有問題了。」

說著滑入魚形艇背部的入口處，魚形艇的圓玻璃蓋啪的關上，靜靜的潛入海中。被繩子綁住的桶子，還在海面的波浪中起伏。

洞窟的怪事

被關在桶子裡的賢吉，由於驚愕過度，幾欲暈厥。恢復鎮定後，發

現裝著自己的桶子，正劇烈搖晃著。

「一定是被扔到海上，隨著波浪起伏。」

心裡這麼想。

啊！對於自己的處境感到非常不安，桶子裡沒有任何縫隙，再怎麼叫也沒有人會聽見。

「爸爸！媽媽！小林團長！」

雖然知道沒有人聽得到，但還是忍不住放聲大叫。賢吉不停的大聲呼喊著。

突然覺得桶子搖晃的方式改變了。原先是載浮載沈的，現在卻覺得好像朝某個方向急馳而去。越過洶湧的波浪，以驚人的速度往前進，似乎是被速度很快的快艇拉著走。

被拉住的桶子一直在打轉，賢吉的身體一會兒朝上、一會兒朝下，不斷的旋轉著。身體不停撞擊桶子，疼得令人難以忍受。

痛苦難耐的賢吉，真想一死了之。

不僅身體在搖晃，呼吸也變得困難。雖然沒有水滲進來，但是桶子的蓋子緊閉，空氣流通不佳，總覺得氧氣快要用盡，幾乎要窒息了。長時間待在桶子裡，說不定真的會死掉。

不知道過了多久，桶子突然靜止不動，原先還在搖晃，現在卻完全停住。豎耳聆聽，外面一片死寂。很快的，桶子好像被人抬起來，又搖晃了一會兒。不過，這和在波浪中的起伏完全不同。

接著，頭上傳來鏘鏘的聲響，霎時一陣清涼的空氣赫然流入。桶子的蓋子被打開了，賢吉深深的吸了一口氣，頓時精神大振。空氣竟然是這麼的寶貴，這是從未有過的感受。

有人把賢吉扛到桶外。雖然身上穿的衣服不同，但確實是原先那個壞蛋船員。

更令他驚訝的是，自己身處的場所，好像是在山中洞穴般的地方。

洞穴崎嶇不平，有如黑色岩石的隧道。

賢吉覺得自己好像被帶到寬敞的岩屋中。

旁邊有人在監視，他根本無法脫困。再加上全身非常疲累，早就沒有餘力逃跑。賢吉就這樣趴在桶邊，茫然的看著四周。

這時，幽深的洞穴迎面依稀可以看到奇怪的東西。雖然在微暗的洞穴內看不清楚，但的確是很可怕的東西。

賢吉驚訝的直視前方，那個可怕的東西突然從岩石後面出現。賢吉「啊」的大叫，倉皇的想要逃走。可是，船員用力按著賢吉的肩膀，要他坐下來。

「哇嘿嘿嘿，他不是來抓你的，你只要乖乖的聽話就不會有事。他另外有要事要辦，正要出去呢！」

那傢伙現身之後，慢慢的朝這裡接近，原來是怪異的鐵人魚。和人類的成人一樣大，身上覆蓋著鐵鱗片，從頭到背部有如鋸齒狀的鐵雞冠。眼睛迸射綠光，嘴巴咧到兩側的耳朵，露出兩顆尖牙。

怪物用鐵手爬上岩石。雖然有如鱷魚般的長尾巴，但是，尾巴下面卻有短腿。雙手和短腿能夠自由的攀爬在岩石上。

賢吉全身貼在岩壁上，盯著怪物直瞧。怪物對於賢吉根本不屑一顧。通過他的面前，爬到洞穴外面去了。

就在這時，洞穴裡好像還有東西在移動，仔細一看，噢！原來是和先前出來的鐵人魚一模一樣的人魚。

另一隻人魚也從洞裡爬了出來。不，不是一隻，同樣的怪物有如亞馬遜河的鱷魚似的排成一列，陸續爬了出來。

賢吉因為太驚訝，根本來不及數他們的數目。總之，有八隻鐵人魚通過賢吉的面前，爬出洞外。

好像在做惡夢似的，鐵人魚不只一隻，竟然有這麼多躲在洞穴當中，而且陸續爬出，現在已經不知去向。

到底牠們有什麼企圖？

難道怪物們想要阻礙「隼丸」打撈金塊的工作嗎？一旦這麼多的怪物出現在海中，不知道將會演變何種情況？

賢吉沒有多餘心力去思想這些事情。正當錯愕之際，船員拍拍他的肩膀。

「來，到裡面去，首領在等你。」

船員說出奇怪的話。

「首領」到底是誰呢？

賢吉跟著船員，沿著崎嶇的岩石走進洞穴深處。

在蜿蜒曲折的洞穴裡走了一會兒，四周突然出現一片光亮，原來是洞穴變寬了。他們來到一個好像是用岩石砌成的房間。華麗的桌上擺著西式的燭檯，三根蠟燭燃燒著。

桌子旁邊放著大椅子，有個全身漆黑的怪物坐在椅子上。

黑絲絨的布從頭頂罩下來，蒙面布剪成三角形的洞，眼前的蒙面怪物只露出眼睛和嘴巴。炯炯有神的雙眼緊盯著賢吉。身上也穿著黑絲絨製的寬鬆大外套。這就是「首領」嗎？

「宮田賢吉帶來了。」

船員恭恭謹謹的向蒙面人鞠躬。

「嗯！做得很好，是裝在桶子裡嗎？」

漆黑的怪物，用粗啞的聲音問道。

「是的，我假扮成『隼丸』的船員，把這傢伙塞進桶子裡，然後綁在潛水艇上，拖到這兒來。船上的其他人正忙著做潛水的準備，沒有任何人發現。」

「好，好，做得很好。這樣就沒有問題了……喂！賢吉，你不必害怕，你是重要的人質，暫時就留在這裡玩吧！只要你爸爸答應我的條件，我就會放你回去。」

黑色怪物，從蒙面布剪成三角形洞中的嘴巴，輕聲說著。

賢吉反問道：

「你要我爸爸做什麼？到底要怎麼做才可以把我放回去？」

這個黑色怪物，突然哇嘿嘿嘿……不懷好意的笑了起來。

「你想知道嗎？真是個勇敢的孩子。我要所有從大洋丸打撈到的金塊，只要答應我的要求，你就可以平安無事的回去。在這之前，你得暫時待在這裡。」

啊！賢吉被當成重要的人質，那麼，這個黑色的怪物到底是誰呢？賢吉的命運將會如何？先前離開洞穴的八隻鐵人魚，到底要做些什麼可怕的事情呢？

消失的魚形艇

「隼丸」潛水的準備終於完成。五名潛水員為了撿拾散落一地的金塊，必須潛到海底。已經晚上八點，海中十分幽暗。

用繩索綁著鐵網，和潛水員一起沈下去。手持水中手電筒的五個人，找到沈在海底的金塊箱之後，將它運到鐵網上。

約一個小時後，八個箱子完整的被放置在鐵網上。原本放在鐵網上的箱子有十五個，後來其中七個掉到海底而破裂，裡面的金條全都散落在海底的沙子裡。

因為一時很難全部找齊，只好先將八個箱子放回鐵網上。一名潛水員，利用潛水頭盔中的對講機，通知「隼丸」把網子拉上去。

「隼丸」的甲板收到通知之後，立刻用機械捲回綁著鐵網的繩索。

這次先前的大怪蟹並沒有出現，八個箱子平安無事的運到甲板上。

接著，五名潛水員開始找尋散落在海底沙裡的金條。不只是沙子，海底還有許多海帶等海草，要在裡面搜尋沈入的金條不是很容易。

在漆黑的海底漫步，五個人都希望多找回一些金條。

然而即使水中手電筒再亮，也只能夠照到三、四公尺遠，一行人彷佛走在墨汁中，根本看不到對方的身影。水中手電筒的光亮四處移動，連人的身形都模糊不清。

這時，突然發現迎面有兩個圓形的光，正以驚人的速度接近。不是水中手電筒，而是更強的光，瞬間就已經近在眼前。

「啊！魚形潛水艇。」

一名潛水員驚叫，聲音傳到「隼丸」甲板的接收器中。

甲板上一名技師耳朵戴著的接收器傳來叫聲時，他立刻通知船長。

船長趕緊命令無線電技師，將這件事情通知我方的潛水艇，趕走敵人的魚形艇。

海底的魚形艇已經來到潛水員的眼前，閃爍的兩顆眼珠子照亮四周，依稀可以看見整艘魚形艇。

潛水員們看到之後，由於過度驚慌，全身僵硬，無法叫也逃不了。奇怪的妖怪趴在魚形艇長長的背部上，原來是八隻鐵人魚，外形完全相同的可怕怪物，全都亂哄哄地聚集在一起。

魚形艇慢慢的向下潛，趴在背上的八隻怪物，突然颼地跳到海底，猶如巨大的螃蟹，朝潛水員的方向衝過來。

「啊——快拉上去！鐵人魚來了！快點、快點！」

五名潛水員異口同聲的大叫。聲音清楚的傳到「隼丸」的接收器上。技師連忙指示機械員拉起繩索。

不一會兒，五名潛水員安然無恙回到船邊。脫掉頭盔後，詳細的報告發生在海底驚險事件的始末。

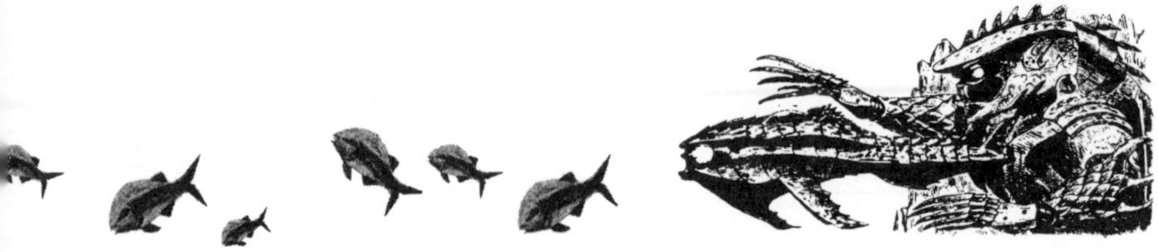

我方的潛水艇從「隼丸」那兒接到無線電的命令之後，立刻趕到潛水員所在的位置。

到達那裡時，八隻鐵人魚正好落到海底。敵人的魚形艇察覺到我方的潛水艇時，趕緊掉頭逃走。

兩顆閃閃發光的眼珠子怪魚，追趕三顆眼珠子的潛水艇，雙方全速在海底展開追逐戰。海底中的魚，突然看到巨大的怪物襲擊而來，全都嚇得落荒而逃。

兩艘潛水艇的前頭燈照著魚群，只見金色、銀色等魚群閃耀著美麗的光輝。

兩艘潛水艇相距五十公尺。被追趕的魚形艇沿著海岸不斷的往前航行，就在快要到達海岸時，突然消失不見。

對方可能是關掉兩個前頭燈吧？不管我方潛水艇的前頭燈再怎麼搜尋，就是不見巨大魚形艇的蹤跡。彷彿融化在海水中似的，消失得無影無蹤。

附近都是凹凸的岩石，其中甚至有如小山般大的岩石。敵人會不會躲在岩石後面呢？於是花費很久的時間搜尋，最後還是沒有斬獲。

這麼大的魚形艇，不可能藏得起來，簡直就像煙霧一樣憑空消失，真是令人罪夷所思。

無可奈何，只好用無線電通知「隼丸」這件事。我方的潛水艇就這樣準備撤退。

到底魚形艇是如何逃脫的呢？如此巨大的船身不可能鑽進海底的沙中，海帶林也不可能隱藏魚形艇這麼大的機械。難道它浮在海面上？考慮到這一點，潛水艇也浮到海面上，但還是沒有看到魚形艇。

可能是海底魔術吧？鐵人魚怪物群，也許會使用神奇的魔術吧！

明智偵探的偽裝

「隼丸」的無線電室收到我方的潛水艇傳來魚形艇消失的通知時，根本沒有驚訝的時間，因為又有奇怪的無線電傳了進來。「隼丸，隼丸」的呼叫好幾次之後，說著令人吃驚的消息。

「想要換回賢吉嗎？只要把大洋丸的金塊全部交出來，我就把賢吉還給你們。如果不交出金塊，賢吉就會沒命。等你們的回答。」

無線電技師拿著寫著這些內容的紙，跑到甲板告知船長。

「什麼，換回賢吉？宮田先生，賢吉在哪裡？我接到奇怪的無線電喔！」

宮田先生和明智偵探從船長的手中接過紙條，看著這驚人的內容。

「賢吉說要回自己的船艙，已經下去啦！」

宮田先生臉色蒼白的說著。

「我們到船艙去看看。」

明智說著，跑到通往船艙的船口，宮田先生則尾隨在後。

不一會兒，明智偵探和宮田先生再度回到甲板上。

「不在船艙。各位，賢吉失蹤了，大家趕緊分頭在船上找一找。」

明智大叫著，引起一陣騷動。船員們分成幾組，找尋船中所有的場所，但是並沒有發現賢吉。

「奇怪，船員北川也不在，難道那傢伙……。」

一名船員報告。

「是呀！也許他是敵人的間諜，否則賢吉不可能從船上消失。」

船長懊惱的叫道。

「他可能被抓到魚形潛水艇上了。我們全都忙著準備潛水的工作，潛水艇也許就從另一邊浮上來，擄走賢吉，所以才沒有被人發現。」

技師說明著，眾人點頭稱是。

「如果不答覆他們，不知道賢吉會遇到什麼樣可怕的災難，可是又不能夠把金塊交出去。明智先生，現在應該怎麼辦？」

宮田先生臉色慘白的詢問明智。

「先用無線電告訴他們，明天再給答案。我利用這段時間試試看，也許能夠救回賢吉。」

明智信心滿滿的說道。

於是船長吩咐技師，請他用無線電通知對方，等到明天再答覆。

「救回賢吉？明智先生，你準備怎麼做？」

當船長詢問時，明智說道：

「今晚我打算偷偷的上岸。可是如果乘坐小船，可能會被敵人發現，所以還是要坐潛水艇。先到距離海岸不遠處，再游泳到岸上。我會帶小林去，明天中午以後回來。不過，也許會更晚一點。在我還沒有回來之

海底魔術師

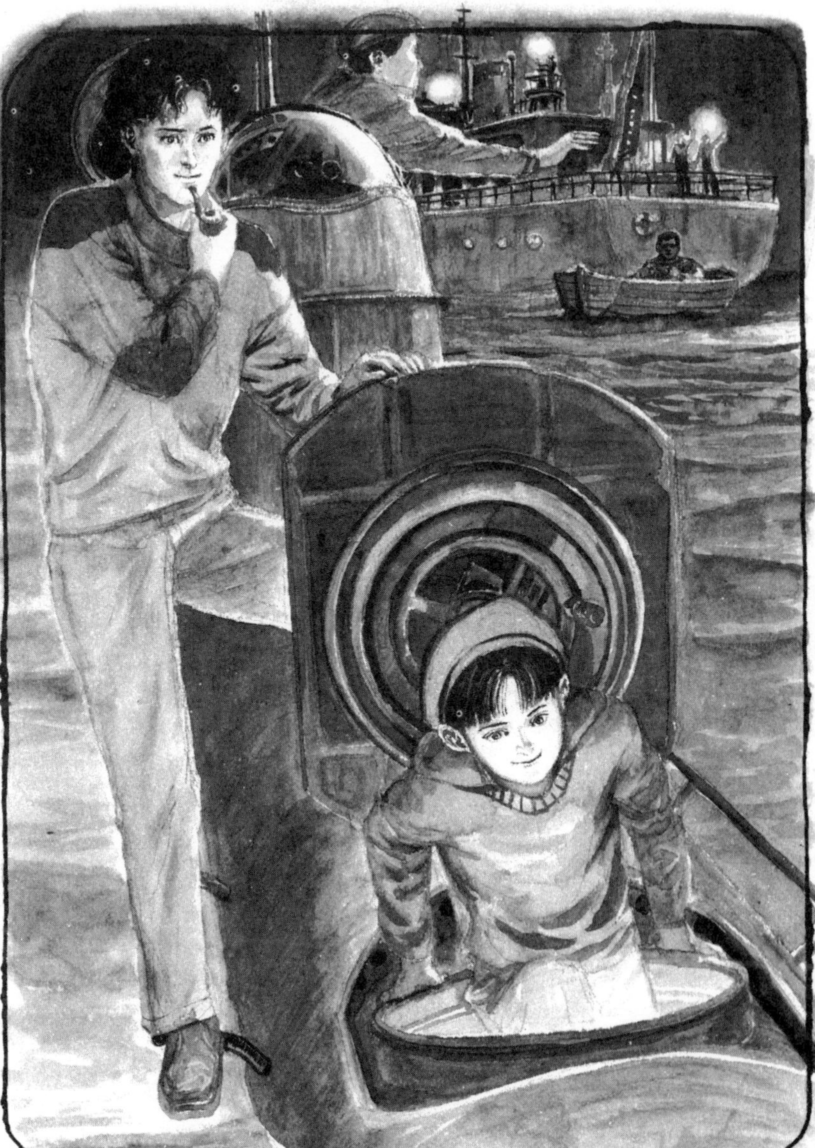

前，你要盡量拖延無線電的答覆時間。」

不管大家怎麼詢問，明智都沒有說要怎麼做。由於宮田先生和船長都很欽佩名偵探過人的機智，所以就不再追問，贊成他提出的計畫。

聽到明智這麼說，小林少年非常高興，因為自己可以和老師兩人坐著潛水艇展開冒險，這讓他雀躍不已。

兩人在半夜時出發。「隼丸」放下的小船，載他們到浮在附近海面的潛水艇內。潛水艇立刻潛水出發，不到十分鐘就來到海岸邊。

這裡都是岩岸，沒有棧橋而無法靠岸。於是只好在距離海岸一百公尺處停了下來。

明智偵探和小林少年脫掉衣服和襯衫、鞋子，裹成一團綁在頭上，然後跳入海中。

這裡是岩岸，海面波濤洶湧，只有一處是岩石比較低矮的地方。小漁船全都在那裡靠岸，於是兩人朝著船的停泊處游過去。

明智偵探和小林都很擅長游泳，即使風浪再大，也影響不了他們，很快的就游到了岸邊。上岸擦乾身體，換上衣服後，立刻沿著岩石往上爬。行經一片漆黑的荒地，朝附近漁夫聚集的村落前進。

附近沒有田地，只有五、六戶漁夫的住家，相當的荒涼。五、六戶住宅裡的人早已就寢，四周黑暗，寂靜無聲。

二個人叫醒其中一戶人家，出高價買下他們的漁夫服裝，並脫掉身上的衣服和他們交換。兩人喬裝成漁夫父子，穿著骯髒卡其色的褲子和破爛的上衣，頭上則纏著頭巾。

「臉太白了，必須化一下妝才行。」

明智說著，用手沾著漁夫家的煤灰，厚厚的塗抹在自己和小林的臉上。如此一來，他們看起來就更像漁夫了。

接下來詢問這一帶的地理狀況。這次的冒險，得先勘查地形。

這時，東方的天空逐漸泛白，太陽快要升起。

兩人向漁夫致謝後就離開他的家。現在已經不再是漆黑的夜晚，腳下的路看得一清二楚，不必再擔心遇到危險。他們沿著海岸一步一步地往前走。

當然不是筆直的往前走，看到森林時，就會跑到裡面去調查一番。遇到小高丘，就在周圍查看一下。地面有洞，就鑽到裡面去瞧瞧。好像在找什麼東西似的，邊走邊找。

望向大海，可以看到「隼丸」黑色的船身。在能看到「隼丸」的最近距離，明智偵探小心翼翼的檢查附近的地面時，突然看見對面的松林而停下動作。

那裡生長著五、六棵大松樹，下面有一片矮樹。名偵探仔細一看，似乎在樹叢裡發現什麼。

「安靜點，不要發出聲音來。」

對小林少年耳語著。走近松樹粗大的樹幹，身體藏在樹幹後面，看著低矮的樹叢。

已經是黎明時分，凝神細看，眼睛慢慢的習慣昏暗之後，就能夠看清楚周遭的一切。

「咦！這地方怎麼會有土撥鼠呢？」

小林少年驚訝的看著地面，樹叢中的草不斷的晃動著。如獵犬般精明的明智偵探，早就發現此怪異現象。

草開始劇烈搖晃，六十公分見方的地面和草一起被抬起來，覆蓋著草的土則掀到一旁，底下露出一片四方形黑暗的洞。

接著發生了不可思議的事情。有人從四方形的洞探出頭來，不是土撥鼠，而是人的頭。

那個人謹慎的探著頭環顧四周，沒有察覺有兩個人躲在旁邊窺伺，確認附近沒有任何人之後，就直接從洞裡爬了出來。這名男子打扮得就像附近的漁夫一樣，年約三十五、六歲，身材壯碩。

到底是怎麼回事？為什麼會有人從海岸附近的地面中冒出來呢？

難道這個男子像地底蜘蛛一樣住在土裡嗎？到底黑洞下面藏有什麼東西？難道那裡只是單純的防空洞（空襲時可供避難之用，挖掘地面做成的洞穴），因寬廣而可供人居住的地方？

從洞穴探出頭來的可疑男子，將原先長滿雜草的泥土恢復原狀，覆蓋泥土蓋，左右張望後，快步的離開。

明智偵探看到這種情景，戳戳小林的手臂，做出指示，示意在不被對方發現的情況下跟蹤過去查探究竟。

可疑的男子朝海岸的反方向快步走去，這裡有和先前的村落完全不同的更大的漁村。

沿路有小山丘，男子行經山丘下。這時，明智偵探又戳戳小林的手臂催促他。對方開始大跨步的跑了起來。

速度極快，有如黑旋風吹過似的，小林和明智也跟著開始拚命跑。

就在這時，明智的身影突然從可疑男子的身後撲了過去，男子被推倒在地。

赤裸的勇士

為什麼明智偵探要抓這名男子呢？他打算把他帶到哪兒去？又將要做什麼呢？關於這件事情，稍後再告訴各位。故事說到這裡，過了五、六個小時，這一天中午時又有事情發生。

停在海邊的「隼丸」，宮田先生、船長、打撈公司的技師們，以及其他許多的船員們都待在甲板上，緊盯著海面瞧。

一艘小船從岸邊朝「隼丸」接近，船上有一大一小兩名漁夫。大的漁夫站在那兒划船。

不一會兒，小船就來到「隼丸」的正下方，對著甲板上的人揮手，

大聲叫道。

「把梯子放下來。」

陌生的漁夫，竟然想要上「隼丸」。

「你是誰？有什麼事呀？」

甲板上有人大聲問道。

「我是明智，你們仔細看看我的臉，這是小林……。」

甲板上的人一聽是明智偵探，全都嚇了一跳。仔細一看，雖然對方的臉非常黝黑，但的確是明智，於是趕緊放下梯子。

喬裝成漁夫的明智和小林，陸續爬上梯子，登上甲板，與宮田先生、船長、技師等一行人走到下面的船艙。商議了三十分鐘之後，明智偵探將一個大的黑色包袱夾在腋下，再度回到甲板。同時又和小林一起乘坐原先的小船，朝著岸邊前進。

兩人離開之後，「隼丸」內立刻出現一陣騷動。船長對船員們下達命令，船員們趕緊來回奔波做準備，彷彿戰爭即將展開似的。

無線電技師用無線電叫回我方的潛水艇，不久之後，小型潛水艇就出現在「隼丸」的旁邊。「隼丸」放下小艇，十三名赤裸的船員登上了小艇。除了褲子之外，上身是赤裸的，肩膀粗壯，肌肉相當結實，手臂壯碩有力。

這些赤裸的船員背上全都揹著氧氣筒，戴著潛水蛙鏡，腳上穿著大蛙鞋，手持奇形怪狀的水槍。

小艇用繩索綁在潛水艇後方，潛水艇就這樣浮在海面上，拉著小艇不知駛往何處。

經過二十分鐘後，潛水艇潛入海角附近岩石遍佈的海底，三個耀眼的前頭燈大開。

迎面如懸崖般的岩石上有個大洞。這裡就是昨晚敵方魚形潛水艇突然消失的地點。當時洞前有石山擋著，所以看不到洞穴。

明智偵探認為，在敵人魚形艇消失的附近一定有洞穴，於是派人下去尋找，我方的潛水艇則在該處不停的徘徊，很快的終於找到魚形艇消失的洞穴。洞穴正好可以容納一艘魚形艇。裡面伸手不見五指，看來是個很深的洞窟。

被潛水艇拉著的十三名赤裸的勇士，離開小艇潛入海底，游到洞窟的入口處。

昨晚出現在「隼丸」旁的海底鐵人魚們，應該就是在這附近撿起金條，並鑽進這個洞穴當中。不知道鐵人魚何時還會再出來，赤裸的勇士們在這裡等著他們出來，打算用水槍射殺牠們。

十三名赤裸的勇士戴著蛙鏡，揹著氧氣筒，腳上踏著大蛙鞋，手持水槍。在洞口周圍不斷的來回游著，形成一幅頗為怪異的光景。甚至有人想鑽進洞裡，調查裡面的情況。

根據明智偵探的報告，賢吉被帶到這個洞窟之中，也許只要游到洞窟的深處，就能找到他。

被囚禁在洞裡的賢吉，到底會有什麼遭遇呢？

洞窟的牢獄

這時，賢吉被關在洞窟中的牢獄裡。

赤裸的勇士們在洞外監視著。越到深處，洞穴就越寬敞，裡面藏匿著敵人的魚形艇。再往內部走，洞穴逐漸朝上，最後來到高於海面的地方，洞穴裏水已經退去。

猶如鐘乳石洞一般的道路，到處都有如房間似的廣大場所。鐵人魚怪物群，發現這個不為人知的洞窟後，將這裡當作根據地。

蜿蜒曲折道路的某個岔路上，有彷彿兩個榻榻米大的房間的陷凹處。迎面是個用粗杉木搭建的牢房，並且圍著鐵欄杆。原來是洞窟中的

牢獄。

在漆黑的牢獄中，有個穿著學生服的少年蹲在裡面。賢吉的三餐有人會按照時間送來，並沒有受到任何的虐待。只是被關在牢籠裡，哪裡都不能去，也沒有人跟他說話。他只能一個人可憐兮兮的蹲在那裡。

「小林團長和明智先生現在在做什麼呢？難道沒有人發現我被抓走了嗎？難道連名偵探明智先生也沒有發現？啊！我真想見爸爸，為什麼我要搭乘『隼丸』呢？如果當初我不來就好了，那麼，現在我就可以待在東京家裡和媽媽在一起。」

想到此處，賢吉兩眼不禁傷感的潸然落淚，激動的放聲大叫「爸爸！媽媽……」。

突然，牢籠外的岩壁有光線在閃爍，好像有人拿著手電筒朝這兒走過來。

「一定是壞人的手下送食物來了。」

念頭一轉，離吃飯的時間還早呀！

「難道要把我帶到牢籠外揍我嗎？」

這麼想的賢吉，突然背脊發涼，害怕不已，霎那間瑟縮在洞穴的一角，不斷的發抖。

反射在崎嶇岩壁上的光線越來越強烈，迎面看到像是怪物眼珠子般的手電筒，逐漸搖搖晃晃的朝著這兒逼近。

賢吉的心臟劇烈跳動，而且越來越快。

手電筒的光停在關著賢吉的牢獄欄杆前，照遍整個岩石牢獄之後，待在那裡的男子，把光照著自己的臉，果然是那個平時送食物過來的壞蛋的手下。

男子右手拿著手電筒，左手則拿著如小孩身體般大的黑色包袱，形狀十分怪異。

賢吉不知道黑色包袱裡裝的到底是什麼東西，只是感到非常害怕，

全身不停的顫抖。

「賢吉……。」

男子溫柔的叫他，賢吉覺得很納悶，他的聲音和平常那個人的聲音不一樣。

「是我，我喬裝成壞蛋。你仔細看看，我是明智。」

賢吉聽到男子這麼說，立刻站了起來，跑到欄杆旁看著男子的臉。雖然和壞蛋的手下裝扮得一模一樣，但確實是明智先生。塗黑的臉上，依稀可以認出令人懷念的明智先生的模樣。

「啊！老師！」

賢吉隔著欄杆大叫。

「不要那麼大聲，我來救你，小林也來了。」

明智偵探說著，拿起手上的手電筒，朝著如隧道般的洞穴裡晃了兩、三次。

彷彿在打訊號似的，黑暗處有人走了過來。藉著明智手電筒的光，可以辨認出是個穿著漁夫服裝的少年。

「咦！有個奇怪的小孩走到這兒來。」

再仔細一看，雖然小孩的臉塗黑，身材卻和小林完全一樣。真的是小林少年喬裝的。

「啊！小林團長……。」

賢吉少年，興奮得驚叫出聲。

明智偵探拿出早就準備好的鑰匙，打開牢籠的門，和小林一起進入牢內。

「賢吉，你平安無事真是太好了。」

小林和賢吉緊緊的抱在一起，好像是久未謀面的兄弟似的，難分難捨。

「賢吉，現在我要救你出去。可是得先設下很多陷阱，這是件很困

難的工作。不要在這裡磨磨蹭蹭的，如果被敵人發現就完了，一定要趕緊採取行動。詳情以後再說，我要開始做陷阱了，你和小林趕快先互換衣服。」

明智偵探說著，也動手幫兩人互換衣服。也就是賢吉穿著小林的學生制服，變成了賢吉。而賢吉則穿著小林所穿的漁夫孩子的衣服。

換好衣服之後，明智從懷中掏出濕手帕，將塗滿煤灰的小林的臉擦乾淨，再用髒手帕塗賢吉的臉。

結果，原先骯髒的小林，臉變得很乾淨，而乾淨的賢吉，則變成了經常日曬雨淋的漁夫孩子。

「賢吉和我一起逃出洞穴，回到『隼丸』上。我也會脫掉這身衣服，換上漁夫的服裝，偽裝成漁夫父子坐在船上，才不會被人懷疑。」

明智說著，將先前夾在左手的大包袱交給假扮成賢吉的小林。

「如此一來，事情應該可以進行得很順利。我立刻就會回來，在此

之前，就要靠你的本事來騙過敵人囉！」

「沒問題，我一定會做得很好。」

小林拍著胸脯，信心十足的回答。

於是明智偵探走到牢籠外，取出藏在附近岩洞中的漁夫衣服換上。接著帶賢吉沿著岩石的隧道前進，趕往先前的小洞口。

不一會兒，洞窟中發生了奇怪的事情。

一名壞蛋的手下拿著手電筒，在岩石的隧道中巡邏時，突然看到有黑色的人影在晃動。

這人影看起來很矮，就好像小孩一樣。他覺得很奇怪而停下腳步。

「我們有這麼小的同伴嗎？莫非是賢吉那傢伙從牢籠裡逃了出來？」

心想，如果是這樣就糟了，於是這名男子立刻追趕黑色的人影。

「喂！誰在那裡？停下來！停下來！」

男子手持手電筒，拚命的跑著。小人影則像小松鼠似的，動作十分迅速。在宛如迷宮的洞窟中奔跑，一溜煙就消失蹤影。

「動作好快呀！如果真是賢吉，那麼，牢籠裡現在應該沒人。好，我趕快去確認一下。」

男子心裡這麼想，趕到牢籠去。站在欄杆外用手電筒照向裡面。奇怪的是，賢吉還待在那裡，垂頭喪氣的縮在岩石房間的角落。

雖然男子想走進去檢查，但是，牢籠的門上了大鎖，沒有鑰匙根本打不開。鑰匙是由明智偵探所打扮、那個身穿夾克的人拿著。他必須先找到那名手下才行，因而到眾人待著的廣大洞窟去。

穿過岩石隧道時，迎面的黑暗中再度看見小的黑色人影。迅速用手電筒照向那個方向，不料一轉眼對方拐個彎就不見了，但是卻可以看見他穿著和賢吉一樣的學生服，而且身高也相同。

男子懷疑自己是不是在做夢，覺得很奇怪。怎麼會有兩個賢吉呢？

一個是關在上鎖的牢籠裡，另一個則在洞窟中自由奔跑。不可能有這種奇怪的事情呀！

男子覺得有點毛骨悚然，於是，趕緊跑到蒙面首領的房間去，告訴他這件事情。首領立刻下令，大家分頭去找拿鑰匙的傑克。

手下們兵分多路，在洞窟中仔細找了三十分鐘，卻沒有發現奇怪的孩子和傑克。

三十分鐘之後停止搜索。一名手下跑到首領的房間，慌慌張張的報告著：

「首領，來了，來了。負責看守賢吉的傑克不知道從哪裡冒出來，他回來了。現在正朝這裡走來。」

傑克，就是那名擁有牢籠鑰匙的男子。

正當手下還沒有報告完畢時，傑克突然出現在首領房間的入口，就是那個穿著夾克和卡其褲的男子。

怪少年

首領把傑克叫到桌前，厲聲斥責他：

「傑克，你到哪裡去了？我們花了一個小時找你。這段時間你到哪裡去溜達了？」

站在首領面前的傑克笑著，搔搔頭說道：

「我到村子裡的漁夫家去吃大餐，所以太晚回來……。」

「什麼？跑到村裡去玩？事情辦完就要立刻回來，我不是這樣告訴你的嗎？如果和漁夫們在一起，讓他們知道我們的藏身處該怎麼辦？」

「真是對不起，以後我會注意的。」

傑克低頭道歉。

「牢籠的鑰匙還在吧！裡面發生了奇怪的事情，賢吉那傢伙好像溜

出牢籠了。有人在洞窟中看到他，但是，那孩子不知道何時動作變得很靈活。不管大家怎麼跑，就是追不到他。

可是回到牢籠一看，賢吉根本還關在裡面。到底是怎麼回事？大家全都搞不清楚，有人還說有兩個賢吉。

這是不可能的，一定有一個是冒牌貨，所以要去調查一下在牢籠裡的賢吉。不過，我們無法打開牢籠，因為鑰匙被你拿走了。好，現在立刻到牢籠裡去確認。沒有鑰匙是打不開的。」

「我把鑰匙拿來了，那麼，現在就到牢籠裡去吧！」

傑克說著，先走一步。黑斗蓬蒙面的首領則跟在他的身後。

兩人通過黑暗的岩石隧道，來到了牢籠前。傑克用鑰匙打開牢門，走到裡面去。

賢吉窩在岩屋的角落，看到兩人進來依然一動也不動，不知道是睡著了，還是死掉了。

首領趕緊跑過去，捉住趴在那裡的賢吉的頭，把臉抬起來。看到臉時，大叫一聲：

「啊！」

嚇得連連倒退，原來出現在眼前的不是一張人的臉。傑克看了之後，也嚇了一跳。

為什麼兩人會大吃一驚呢？因為那不是一張活人的臉，而是人體模特兒的臉。就像擺在西服店櫥窗小孩人體模特兒的臉。

首領知道這是人體模特兒之後，立刻脫掉穿在模特兒身上的上衣，結果發現身體是用稻草包做成的。稻草包穿著賢吉的衣服，打扮成賢吉的模樣。

「賢吉這傢伙竟敢用這個人偶騙我們，畜牲！」

用力把稻草人扔在地上，拚命地踐踏。人偶的頭被踩掉，滾落到一旁，彷彿少年的頭被砍掉似的。

到底是誰把人偶的頭和稻草帶進來的呢？既然人偶穿著賢吉的衣服，那麼，逃走的賢吉現在到底穿著什麼？

首領百思不解，感到非常納悶。

但是各位讀者，你們應該已經知道了吧！假扮成傑克的明智偵探，從「隼丸」那兒將人偶的頭和稻草人帶到牢籠中，讓它穿上賢吉的衣服，而賢吉則穿上小林身上的漁夫小孩的衣服。明智也換上漁夫的衣服，和真正的賢吉一起乘船回到「隼丸」。

那麼，在洞窟中出現的小孩不是賢吉，應該就是小林囉！小林穿著賢吉的衣服，假扮成賢吉。

但是，壞蛋首領什麼都不知道。洞窟中相當黑暗，明智又很擅長喬裝改扮，所以首領也以為他是真正的傑克。

「好，我親自去抓賢吉，他一定還在洞窟中。傑克，你過來幫忙。」

首領走出牢籠。在漆暗的岩石隧道中不停的走著，傑克則跟在他的身後，打開手電筒照路。

走了一會兒，迎面看到小小的黑影。

「在那裡，那一定是賢吉，別讓他逃走。」

蒙面首領跑向黑影的方向，傑克也跑在後面。

「在那裡、在那裡，跑到那兒去了。的確是賢吉。」

首領加快腳步，展開大人和小孩的追逐戰，結果當然是大人獲勝。追趕的人和被追者之間距離逐漸縮小。啊，危險！假裝成賢吉的小林是否會被抓住呢？

「啊！那傢伙爬上階梯，打算逃到洞窟外去。」

首領邊跑邊說。那個石階是通往陸地上的洞口。

首領飛也似的跑下階梯，企圖從下面抓住少年的衣服，還差三十公分手就可以手到擒來了。

不過，少年的動作相當靈活，他推開通往地面的出口，及覆蓋雜草

的硬土，瞬間就跳到洞穴外。

蒙面首領跟在他的身後，頭已經探出洞外。但是看了一眼之後，又把頭縮了回去。

他在洞外看見可怕的景象。不知何時，洞穴外的森林中，已經圍了五、六名穿著制服的警察，在那裡守株待兔。假扮成賢吉的小林跑到警察當中，笑吟吟的站在那裡。

「糟糕，警察來了！傑克，快逃吧！快逃！」

首領迅速跑下石階，推著傑克打算朝洞窟的反方向跑。

兩人在蜿蜒曲折的隧道中死命的奔跑。很快就來到海邊附近廣大的洞窟，這裡就是可怕的八隻鐵人魚，聚集棲息的地方。

怪獸的祕密

廣大洞窟中的八隻鐵人魚，猶如籠子裡聚集在一起的野獸似的。

用鐵打造的猙獰面貌上，有對迸射綠光的大眼睛，嘴巴裂至兩側的耳朵，嘴裡露出尖牙，全身覆蓋著鐵鱗片。從頭到背部好像附著尖銳鋸齒狀的鐵雞冠，軀幹及尾巴則和鱷魚一模一樣，也是鐵打造的。大小則比人稍大。

光看到一隻就很可怕，何況是八隻怪物全都聚集在一起。這種景象真是筆墨難以形容。

蒙面首領藉著傑克手中手電筒的光，來到了怪獸的岩屋，並對鐵人魚們大聲下達命令：

「你們聽好，陸地上的入口處現在都有警察在守衛，你們趕緊去攻

擊他們，一個也不要漏掉，把他們趕到洞穴外，然後從裡面用大石頭堵著，不要讓他們進來，知道嗎？大家立刻行動。」

鐵怪物們默默的聽著首領的命令，靜默了一會兒，突然聽到「嘎、嘎、嘎」的聲音，彷彿鐵在摩擦般的可怕聲響。鐵人魚笑了起來。

「你們是怎麼回事？不認識我嗎？有什麼好笑的？為什麼不服從我的命令？」

首領怒氣沖沖的大叫，但是，鐵摩擦的聲音不但沒有停止，反而越來越大聲。怪獸們好像在嘲笑首領是個大笨蛋似的。

「你們腦筋有問題嗎？好，那麼我讓你們頭腦清醒清醒！」

首領抬起腳踢向旁邊的一隻人魚。

這時，又聽到「嘎、嘎、嘎、嘎、嘎」的聲音，八隻鐵人魚從四面八方襲擊首領。

他們的眼睛迸射如磷光般的綠光，強而有力的尖牙不斷的抖動著，

同時長著利爪的雙手張開，包圍住首領，眼看著就要飛撲過去。

即使是怪物群的首領，面對這種驚險的狀況，也嚇得呆立不動。為什麼會發生這種事情呢？由於事發突然，使得他驚慌失措。為什麼這些人魚手下會攻擊首領，到底是怎麼回事？

就在這時，怪事又發生了。

「嘎、嘎、嘎、嘎、嘎……」怪獸的聲音，突然變成「哇哈哈哈……」的人的笑聲。

八隻人魚像人一樣的大笑，而且可怕的笑聲響徹整個洞窟。

接著聽到喀鏘、喀鏘、喀鏘奇怪的聲響，人魚的肚子裂開了。赤裸著上身的人從裡面爬了出來。

「哇哈哈哈！怎麼樣？感到很驚訝吧！我們不是你的手下，我們是來自『隼丸』的八名勇士。」

鐵人魚當中的一名年輕人大叫道。他們的確不是自己的手下，八個人都是自己沒有見過的陌生人。

看到這種情況，蒙面首領呆立在原地，連說話的力氣都沒有。

「啊哈哈哈……你很驚訝吧！鐵人魚就像玩具一樣，是用鐵板做成的。裡面安裝了三個氧氣筒，所以可以長時間停留在水中。你的手下就躲在裡面，現身嚇阻我們。眼睛迸射像磷光似的綠光，就是用乾電池加上綠色的小燈泡做成的。

明智先生早就識破這一點，要我們這些赤裸的勇士鑽到海底。我們揹著氧氣筒，躲在海底洞窟的入口，利用水槍威脅你的八名手下，要他們脫掉人魚鐵皮讓我們換上。

你的八名手下已經全都被五花大綁，嘴巴被塞住，扔在對面的岩洞中了。哇哈哈哈……怎麼樣？嚇了你一大跳吧？」

蒙面首領從來沒有遭遇過如此空前的挫敗，實在是莫大的恥辱。

不過，現在可不是猶豫的時候，八名赤裸的勇士已經慢慢的向他逼

近。

「傑克，跟我來。」

首領大叫，轉身如箭一般急馳而去，到底他想要逃到哪裡呢？

他的黑斗蓬飄揚著，朝海底出口跑去，傑克依然跟在身後。

跑了一會兒，突然眼前一亮，原來海底的水如池子般的大小，形成廣大洞窟中的水池，海底入口就在水面的正下方。由於洞窟朝斜上方延伸，因此附近已經是在水面上，而海水就在洞窟底部形成水池。

池畔有小鯨魚般大的黑色物體浮在那兒，是壞蛋的魚形潛水艇。其背部則有透明像瘤一樣的東西，原來是塑膠玻璃做成的瞭望窗。利用瞭望窗的絞鏈可以將其往上打開，兼具船艇出入口的作用。

蒙面首領帶著傑克跑到池畔。

「快，趕緊坐上這個逃到海裡去！」

說著將擱在岸旁的長板架在魚形艇的背上走到上面，朝玻璃瞭望臺處走去。打開之後，滑入艇內。

「傑克，你進來駕駛。」

在首領的吩咐下，傑克走過板子，進入艇內，關上瞭望窗。正打算坐在駕駛座位上時，突然聽到奇怪的聲音。

「啊！首領，糟糕，機械被破壞了。」

「咦！被破壞？」

首領立刻檢查機械。不知道是誰，竟然將機械全都毀壞，根本無法修理。

「沒辦法，只好從最後一條路逃走。」

首領氣得直跺腳。

「咦！那是什麼地方呢？」

「就是只有我才知道的洞窟的岔路，我們逃到那裡去吧！」

兩人打開瞭望窗，回到原先的岩岸。

洞窟的後面，八名赤裸的勇士和警察已經打開手電筒，朝著這個方向追過來。

「快點！朝這兒走。」

首領叫著傑克，趕緊往前跑。拐了一個彎，停在岩石的陷凹處。手伸向岩石的裂縫，用力一拉。寬約六十公分的岩石開始移動，霎時後面露出可供一人通過的洞。

「快到裡面去，只要把岩石恢復原狀，就不會被發現，這樣我們就可以順利逃走。」

兩人進入洞中，用力的將岩石放回原先的場所。

巨人與怪人

「這個洞非常深，還有一些岔路，不過沒有問題的，一定不會被他們發現。」

蒙面首領沿著岩洞的深處走去，自信滿滿的說著。

「但實在很奇怪，為什麼地面上的出口會有警察？鐵人魚當中會躲著敵人呢？魚形潛水艇的機械也被破壞，這到底是怎麼回事？」

傑克在後面跟著首領詢問著。

「嗯！我想這應該是明智小五郎做的，這傢伙可能發現這個洞窟，而且設下各種機關。另外，賢吉那傢伙動作怎麼會變得那麼靈活，真的很奇怪。」

岩洞的頂部非常低，所以首領必須彎腰駝背前進，同時和後面的傑

克交談。這時，傑克卻似乎覺得很好笑似的笑了起來。

「你真的不知道原因嗎？」

首領聽到這聲音，大吃一驚，停下腳步，回頭看著傑克。

「難道你知道？」

「我知道，那個孩子不是賢吉喔！」

「咦！不是賢吉，那會是誰？賢吉到哪兒去了？」

「賢吉已經回到海邊的『隼丸』上去了。」

「怎麼回去的？他不可能游回去吧！」

「坐小船呀！」

「哪裡有小船？是誰划船？」

「明智小五郎划的船呀！船是從漁夫那兒借來的。明智和賢吉假扮成漁夫父子，瞞過我們的耳目。」

首領聽傑克這麼說，在黑暗中抓著他的手臂。

「哇！可惡，你既然知道這件事，為什麼之前瞞著我不說？為什麼不通知我呢？」

「這是有原因的，我等一下再說明。不過這裡實在太擠了，應該要到更寬廣的地方去。」

「嗯！只要再往裡面走一會兒就會變寬了。到那裡就可以了。」

首領說著，先行彎著身體往前進，大約走了十公尺，來到一個寬敞的洞窟。

「這裡就沒有問題了。你快點說，既然賢吉逃回『隼丸』。那麼，先前我追的孩子到底是誰？」

「是明智小五郎的少年助手小林呀！」

「咦？那是小林？」

「沒錯，賢吉的動作不可能那麼快，這是有原因的。明智小五郎將小林和人體模特兒的頭和稻草人帶到洞窟中藏了起來。讓稻草人穿上賢

吉的衣服，再插上人體模特兒的頭，放在牢房的角落裡。而賢吉則穿著漁夫小孩的衣服，被明智帶回『隼丸』去。後來小林就在洞窟中來回奔跑，讓大家誤以為出現兩個賢吉。」

「等一等，為什麼明智能夠打開牢房的門呢?門鎖並沒有被弄壞的跡象，應該是用鑰匙打開的，只有你才有鑰匙呀。你不可能把鑰匙交給明智吧？」

「是的，我不記得自己曾經交給他。」

「那麼，明智是怎麼打開牢房門的呢？」

「首領，這就是謎題所在，是個很有趣的謎題喔!你猜猜看。」

聽到這番愚蠢的話，首領感到很生氣。

「傑克，你想要愚弄我嗎?現在不是玩猜謎的時候，你到底瞞著我什麼事情？」

傑克若無其事的繼續說道：

「好吧，謎底揭曉。鑰匙只有一把，而且擁有者是傑克。不過，打開門的卻是明智小五郎，那麼，你想答案應該是什麼呢？」

首領在黑暗中沈默不語，停頓了好一會兒，突然尖聲說道：

「原來你是……。」

「哈哈哈……你知道了吧？答案就是傑克和明智是同一個人。同一個人當然就不需要借鑰匙囉！」

就在這時，洞窟中亮了起來。傑克打開手電筒，照著自己的臉。可是在燈光下看到的不是傑克，而是留著一頭蓬鬆頭髮的明智小五郎的臉，他正在微笑站在那兒。

在黑暗中拿掉假髮，撕掉假眉毛，擦掉臉上的裝扮，又變回原先的明智。

「你真的是明智。」

手電筒的光對準首領，黑蒙面怪人攤開雙手，打算抓住明智，露出

猙獰的面目。

「這下你知道了吧！不過，你也未免發現得太晚了！現在還有個疑點，那就是真正的傑克到哪裡去了呢？傑克和我是在什麼時候對調的？難道你不想知道嗎？

其實，我早就知道這洞窟有通往陸地上的道路。我喬裝成當地的漁夫，在海岸懸崖上找尋時，傑克正好從樹林中的洞穴裡跑出來。

我從傑克身後飛撲過去，綁住了他，然後把他帶到對面村子的警察那裡去。當時我已經和警察計畫好了。

我先回到「隼丸」，帶著十三名赤裸的勇士，從海底洞窟的入口溜進去。抓住你的鐵人魚手下的，就是這些勇士們。

然後我又扮成傑克，帶著小林從陸地進入洞窟，救出賢吉，接著乘坐小船，載他回到「隼丸」上後，我又折返回來。傑克失蹤一陣子的理由就在於此。

哈哈哈！雖然我很同情你，但是，鐵人魚怪物群終於被消滅了。」

手電筒的光源始終照著蒙面首領，他就像是黑色石頭般一動也不動，而且沈默不語。明智繼續說道：

「你發明的鐵人魚震驚世人，鐵製的鎧甲中安裝氧氣筒，躲在裡面的人就可以若無其事的在海底游來游去。

突然看到這麼可怕的傢伙出現在海中，大家當然會以為是真正的怪物，連新聞界都引起一陣恐慌。

我們不知道你是如何找出大洋丸金塊的祕密，並且企圖偷走船長的遺書，結果還是失敗了。而賢吉的爸爸宮田先生則為了打撈金塊，乘坐『隼丸』來到海邊。

你得知這一點之後，尋找根據地，計畫奪走金塊，展開了海底的戰爭。接下來又發生了很多奇怪的事情。我們不知道這洞窟的祕密，當然會覺得很不可思議。

不過，最後我還是發現這個洞窟，於是假扮傑克潛入這裡搜查，識破你的企圖和鐵人魚的祕密。

我獲勝了，現在我就要揭開你的蒙面布。我不知道蒙面布下的那張臉是否就是你真正的面貌。」

說完之後，明智迅速撲向首領，拉下他黑絲絨的蒙面布。

「二十面相！真的是你。」

在手電筒的照射下，露出怪盜二十面相的臉。不，應該說是怪人四十面相的臉。雖然不知道是否就是他的真實面貌，但的確是在前一次事件中曾經看過的那張臉。

二十面相楞了一下，但是，很快的就恢復鎮定，笑著說道：

「哇呵呵呵……，明智先生，好久不見了。你打算怎麼做呀？」

「你不是早就已經知道了嗎？當然是要把你交給警察。」

「哇呵呵呵，那是個很好的主意，但是，你認為我會乖乖的束手就擒嗎？」

「就這麼辦吧！」

明智正打算捉住二十面相時，對方竟然滑頭的從他的手下溜過，逃向洞窟裡。

怪蟹的下場

明智拿著手電筒追趕他。二十面相的腳程非常快，繞過迎面的岩石轉角，瞬間就消失蹤影。

明智來到岩石的轉角處，看到兩個岩洞。不知道二十面相逃向哪一個岩洞中，明智猶豫了一會兒。這時，兩人之間的距離越拉越長了。

無可奈何的明智，只好用手電筒照向其中一個岩洞，繼續前進。往前走二十公尺時，到達盡頭。

立刻掉頭回到原先的岔路上，進入另一個岩洞中。不久之後，看到前面有東西在移動。

似乎是非常巨大而可怕的東西。明智將手電筒的光照向那個方向，看到龐然大物。

那是比人類大上兩倍的巨蟹，兩隻眼睛瞪視著他。揮舞著大鉗子，用奇怪的八隻腳沙沙地朝這兒移動。

原來是怪蟹。雖然上一次明智沒有親眼目睹，但是，知道這怪蟹曾經夾斷「隼丸」打撈金塊的繩索。

世界上當然不可能有這麼大的螃蟹，這一定是用鐵板製造出來。二十面相就躲在裡面。

每當明智逼近時，怪蟹就立刻逃開。他停下腳步時，怪蟹也停下腳步。突出的眼珠子骨碌骨碌的轉著，揮舞著巨大的鉗子，好像在挑釁似的說「你過來呀」。

怪蟹用八隻腳橫著走，腳程極快，連明智都追不上。

不一會兒，洞穴中出現了上坡道，而且越來越狹窄。明智依然追趕著怪蟹。

只要明智撲過去，怪蟹就會迅速逃開，根本抓不到。就在這時，不覺已經來到洞口，外面的光直射進來。要走到出口也要爬坡，出口是在相當高的地方。

怪蟹以驚人的速度朝向出口前進，彷彿隧道的出口似的，岩洞出現炫目的光芒。

怪蟹醜陋的姿態在出口形成黑影，好像堵住去路似的，很快的就消失在洞外。

明智連忙爬到洞口往外看，只瞄了一眼，突然覺得頭昏腦脹，不禁又縮了回去。

這個出口位於極高的斷崖上。岩壁連接到下方，下方則是廣大的海洋。出口至少距離海面數十公尺高。

探頭往外一看，巨蟹正用八隻腳抓著陡峭的岩石，往下不斷攀爬。因為不是真正的螃蟹，所以無法巧妙的抓住岩石，看起來隨時都可能會掉下去，令人不禁捏了一把冷汗。

「啊！」

明智突然大叫，原來是怪蟹一不留神滑下去了。一旦滑落就再也無法停住。八隻腳離開了岩石，怪蟹就這樣往下掉，而且變得越來越小，消失在海中。

落入海中，藏身在怪蟹中的二十面相，應該不會死。這隻怪蟹曾經在海中若無其事的行走，裡面一定早就安裝了氧氣筒，二十面相可以利用氧氣筒呼吸。也許他已經趁機溜到海底。

二十面相是否能夠順利脫逃呢？

不過，行事機警的明智偵探早就想到這一點。

早在移動入口的岩石，進入這個岩洞時，他已經撕下筆記本的紙，用鉛筆在上面寫字，丟在岩縫外。

追著首領前來的八名勇士和小林少年，應該已經發現紙條。按照紙上的吩咐，八名赤裸的勇士戴上蛙鏡、氧氣筒，穿著蛙鞋，游到海底的洞窟外。與在那裡等待的五名勇士會合，等待敵人在海底出現。

果然一切都在明智的意料之中。十三名赤裸的勇士在洞窟入口附近徘徊。

突然看到海面有奇怪的東西落下，瞬間沈入海底，是他們未曾見過的怪蟹。

十三名勇士看到之後，立刻從四面八方包圍過來，企圖抓住怪蟹。

微暗的海底展開了一場驚險的大格鬥。大蟹揮舞著巨大的鉗子，八隻腳不斷的移動，想要撥開勇士們。面對十三個勇士，就算是怪蟹，也無法抵擋如此強大的攻擊。

經過一段長時間的激烈纏鬥之後，怪蟹終於精疲力盡。就像十三隻螞蟻抬著蟑螂屍體似的，勇士們抓住了怪蟹的腳，浮到海面上。

這時，我方的潛水艇早就已經打開船艇的入口，在那兒待命。十三名勇士爬上潛水艇，扛著怪蟹，把他丟到船艇中。

一個小時後，明智偵探、小林少年和十三名勇士聚集在「隼丸」的甲板上。巨蟹外殼散落在甲板上，怪盜二十面相則在一旁喘著氣，無計可施的躺著。

宮田先生、賢吉，以及圍觀的眾船員們全都高舉雙手，大呼萬歲。

當然，後來大洋丸的金塊全部交到宮田先生的手中。

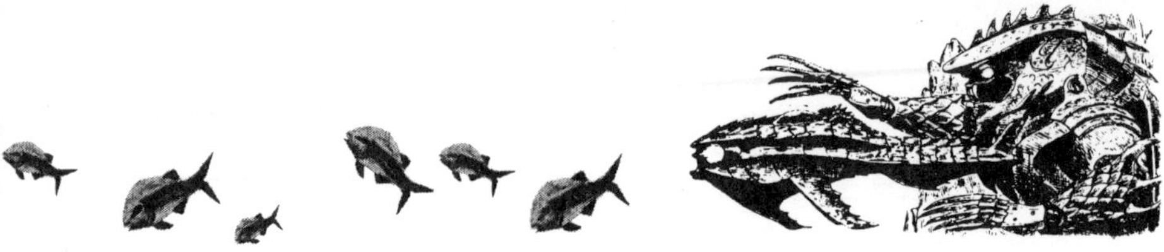

解說

找尋沈船的金塊！

山前讓
（推理小說研究家）

這些怪物是鐵人魚。全身漆黑，狀如四方形，相當堅固，背上有如劍般的雞冠，而尾巴則像鱷魚一樣的堅硬。黑色的鐵頭比人還要大一倍，雞冠甚至延伸到頭頂。猶如洞穴般陷凹的大眼睛，迸射綠光。嘴巴裂到兩側的耳朵，嘴唇則露出長長的尖牙。這是以往從未見過的海底生物。到底那是什麼呢？

當小林少年和明智偵探在『海底魔術師』一書中與壞人展開對決時，竟然出現如此怪異的可怕動物。此外，本書主要是在敘述為了找尋遺留在海底沈船上的金塊而展開的一段冒險故事。

一九三六年，江戶川亂步開始撰寫少年偵探團系列的故事，距今已六、七十年了。雖然曾經中斷一陣子，但是，這一系列的書很快的就又復載。最後的作品在是一九六二年時寫的。

『海底魔術師』在月刊「少年」連載了一年，當時是一九五五年，距今已過了四、五十年。小說世界不會改變，但我們的生活卻已經不同。例如『海底魔術師』中調查沈船的技術，現在早就落伍。

載著金塊的大洋丸沈沒的地點和歌山縣潮岬。

相信大家都不會忘記以小林少年為團長的少年偵探團，長期以來所帶給讀者們的歡樂。少年偵探團，相當的活躍，這就是推理小說的魅力所在。簡單的說，對於一些謎團，以及未知事物的興趣和好奇心，讓故事變得更有可看性。

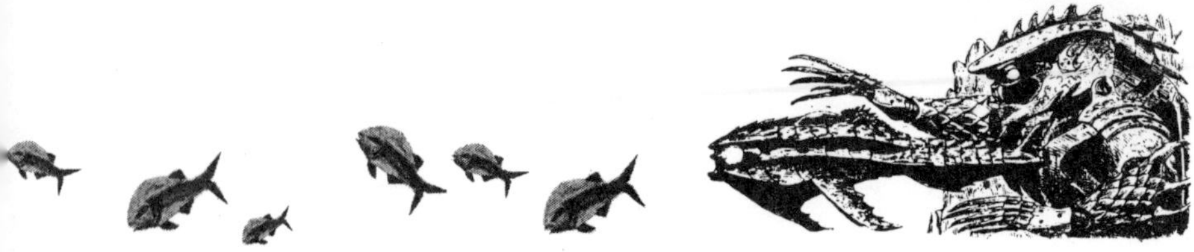

人類和動物有很多的不同點，在建立現在文明社會的過程中，即使面對不可思議或不可能發生的事，還是會抱持高度的關心，想要加以解答。

不怕火的是人；嘗試各種食物的是人；想到該怎麼橫渡海洋的是人；希望像鳥一樣在空中自由飛翔的也是人。所以，才會出現各種發明和發現。

為什麼蘋果會掉在地上？閃電的真相是什麼？這些疑問建立了許多的理論。而在海的另一邊有什麼？誰居住在山的那一邊？對於未知世界產生的興趣，使得人類的足跡遍佈各個角落，最後甚至到達宇宙。

推理小說就是基於這種人類心理而成立的小說。在無法自由出入的密室中殺人、在眾人面前殺人，似乎是只有幽靈才能夠做到的不可能犯罪，最後都會有合理的解釋。對於謎團興趣濃厚，利用智慧解開謎團的快感，造就了推理小說的出現。

無論是『金田一少年的事件簿』或『名偵探柯南』等推理漫畫，深受讀者歡迎。想要解開謎底的好奇心，與年齡無關。不過，青少年對於祕密或不可思議的事情，似乎更感興趣。他們會注意到大人忽略的一些細節。

一般的嬰兒，對於所看到和所聽到的一切，都會覺得很神奇。孩子們對於解開謎題興致頗高，所以，會沈浸於推理小說的世界中。這應該歸功於江戶川亂步撰寫的少年偵探團系列。

另外，不可或缺的就是冒險犯難的心。遇到不可思議的事情，光是害怕，永遠無法解決問題。能夠大膽跳入未知世界的勇氣，即使不知道結果如何，還是積極解答的意志，支持著這些少年偵探團團員們的行動。也許容易遭遇危險，但是，絕對不放過任何邪惡的企圖。小林少年和團員們，總是鼓起勇氣與壞人對決。

在『海底魔術師』中，小林少年與夥伴同行，進行從沈船中打撈金

塊的工作。在海底等待他的是鐵人魚、奇妙的潛水艇，以及可怕的怪物。到底誰想要奪走金塊呢？（當然大家已經知道了）小林少年和明智偵探利用智慧和勇氣向怪物挑戰。

少年偵探 1~26

江戸川亂步　著

1　怪盜二十面相

接獲失蹤的壯一即將歸國的好消息的同時，羽柴家也接到這封通知信。
擅長喬裝改扮的怪盜，到底會以什麼姿態來盜取寶石？
老人、青年，還是……。
「怪盜二十面相」與名偵探明智小五郎初次對決，現在就要開始了！

2　少年偵探團

整個東京都內，不斷傳出有關「黑色妖魔」的傳聞，而且陸續發生綁架少女事件，以及篠崎家的寶石，還有黑影似乎偷偷的靠近五歲的愛女小綠。難道由印度傳來的「受到詛咒的寶石」的傳說是真的嗎……。
繼『怪盜二十面相』之後，名偵探明智小五郎和少年助手小林芳雄所帶領的「少年偵探團」大活躍。

3　妖怪博士

跟蹤可疑的老人身後，來到一間奇妙的洋房。
少年偵探團團員之一的相川泰二，在那兒發現被五花大綁的美少女。
妖怪博士的魔爪伸向為了救出少女而偷偷溜進洋房的泰二。
此外，還有更可怕的事情，正等著追查整個事件的三名團員們……。

4　大金塊

秘密文件的另一半被盜走了！
那是說明宮瀨礦造爺爺留下的龐大遺產「大金塊」藏匿地點的秘文，
為了取回被奪走的一半秘密文件，而進入竊賊地下指揮部的少年小林，
他所看到的意外事實真相到底是什麼？
名偵探明智解開了謎樣的文章，趕赴島上，取回大金塊。

5　青銅魔人

在月光的照耀下，赫然出現一張嘴巴裂開如新月型的金屬臉，怪物體內發出齒輪轉動聲。
在半夜偷走鐘錶店裡的懷錶的竊賊，難道就是這個用青銅做成的機械人？
少年小林新組成「青少年機動隊」，為了名偵探明智小五郎，奮鬥不懈。
是否真的能夠掌握青銅魔人的真面目呢？

6　地底魔術王

在天野勇一所居住的城市裡，搬來了一個奇怪的叔叔。
他在少年們的面前，展現神乎其技的魔術，是一位魔法博士。
他說：「在我所住的洋房裡有『奇異國』。」
有一天，勇一和少年小林造訪洋房。但是就在博士展開魔術表演的舞台上，勇一消失在觀衆的面前。

7　透明怪人

一名紳士走進城鎮盡頭的磚瓦建築物中。
就在尾隨於其身後的兩名少年的眼前，
這個神秘男子脫掉大衣、襯衫，結果一裡面什麼也沒有。
肉眼看不到的透明怪人出現了，珠寶店和銀行大為震驚。
化裝成人體服裝模特兒的透明怪人出現在百貨公司，引起一陣騷動。

8　怪人四十面相

幾度從監獄中脫逃的怪盜二十面相，這次改名為「四十面相」，宣佈要逃獄。
為了查明真相，來到拘留所的明智小五郎，與二十面相見面之後，
為什麼匆忙趕到世界劇場的後台去了呢……
劇場正上演著「透明怪人」事件的戲碼。

9　宇宙怪人

衆人啊的大叫一聲，屏住呼吸，因為在東京市的大都會銀座上空出現了五個「在天空飛行的飛碟」。
彷彿來自遙遠星球的世界，擁有蝙蝠翅膀如大蜥蜴般的宇宙怪人降臨。
被在深山登陸的飛碟抓住的木村青年，訴說可怕的體驗，使得全日本，不，應該說是全世界都陷入大混亂中

10　恐怖的鐵塔王國

「我有東西要給你看哦！」
小林少年被轉角處的老人叫住，看到偷窺箱裡竟然有從森林的圓形鐵塔爬下來的巨大獨角仙……。都市裡出現抓小孩的怪物獨角仙。
獨角仙大王所統治的恐怖鐵塔王國，到底在日本的哪個地方呢？

11　灰色巨人

從百貨公司的寶石展覽會中竊取珍珠的美術品，
然後抓住廣告汽球朝天空逃逸。但是逮到犯人之後，一看……。
綽號「灰色巨人」的怪人，這次盜走了「彩虹皇冠」。
尾隨怪盜而來的少年偵探團，來到一個馬戲團的大帳棚中。
奇妙的竊賊難道躲到裡面去了嗎？

12 海底魔術師

身上覆蓋著鐵製的鱗片，好像鰻魚一般的尾巴……
在黑暗的海底，有著好像黑色人魚的兩個綠色眼睛的怪物。
爬在地上的怪物想要奪走小鐵盒。
交到明智偵探手中的小鐵盒，
隱藏著載有金塊的沉船秘密！

13 黃金豹

屋頂出現了金色的影子，在月光的照射下，劃破了深夜的黑暗，
全身閃耀著黃金般光芒的豹出現在街上。
襲擊銀座的寶石商、吞掉寶石的豹，突然轉身逃走，像煙一般消失了。
夢幻怪獸到底是什麼東西？

14 魔法博士

少年偵探團中有兩名好搭檔，他們是井上和阿呂。
看到「活動電影院」之後，
一直跟隨活動電影院的兩人，漸漸進入無人的森林中。
擋在面前的，竟然是可怕的黑影……。
等待著兩人的，是黃金怪人「魔法博士」意想不到的策略。

15 馬戲怪人

熱鬧的「豪華馬戲團」公演時，突然出現可怕了的慘叫聲。
觀衆全都回頭看。
在貴賓席黑暗的角落看到白色骷髏的影子！
攻擊馬戲團團長笠原先生一家人的骷髏男的模樣奇怪。
沒有人知道的大秘密，經由明智偵探及少年偵探團的推理而解開謎團。

16 魔人銅鑼

「噹……噹……噹……」空中傳來宛如教會鐘聲般的聲響，不禁抬頭一看。
結果，發現整個空中出現一張惡魔的臉。
巨大的惡魔正露出尖牙笑著。難道這是神奇事件的前兆……。
惡魔的神奇預言出現了。明智偵探的新少女助手阿步即將遭遇危險。

17 魔法人偶

「我很喜歡留身哦！和我玩吧！」
和神奇的腹語術小男孩人偶相處得很好的留身，跟隨著小男孩和
白鬍子老爺爺到人偶屋去。
迎接他們的是美麗的姊姊，這位穿著長袖和服、名叫紅子的人偶，
看起來就好像活生生的真人一樣這是假扮成腹語術師的老爺爺的魔術。

法律專欄連載・大展編號 58

台大法學院　法律學系／策劃
法律服務社／編著

1. 別讓您的權利睡著了(1)　200 元
2. 別讓您的權利睡著了(2)　200 元

・生活廣場・品冠編號 61・

1.	366 天誕生星	李芳黛譯	280 元
2.	366 天誕生花與誕生石	李芳黛譯	280 元
3.	科學命相	淺野八郎著	220 元
4.	已知的他界科學	陳蒼杰譯	220 元
5.	開拓未來的他界科學	陳蒼杰譯	220 元
6.	世紀末變態心理犯罪檔案	沈永嘉譯	240 元
7.	366 天開運年鑑	林廷宇編著	230 元
8.	色彩學與你	野村順一著	230 元
9.	科學手相	淺野八郎著	230 元
10.	你也能成為戀愛高手	柯富陽編著	220 元
11.	血型與十二星座	許淑瑛編著	230 元
12.	動物測驗—人性現形	淺野八郎著	200 元
13.	愛情、幸福完全自測	淺野八郎著	200 元
14.	輕鬆攻佔女性	趙奕世編著	230 元
15.	解讀命運密碼	郭宗德著	200 元
16.	由客家了解亞洲	高木桂藏著	220 元

・女醫師系列・品冠編號 62

1.	子宮內膜症	國府田清子著	200 元
2.	子宮肌瘤	黑島淳子著	200 元
3.	上班女性的壓力症候群	池下育子著	200 元
4.	漏尿、尿失禁	中田真木著	200 元
5.	高齡生產	大鷹美子著	200 元
6.	子宮癌	上坊敏子著	200 元

7. 避孕	早乙女智子著	200 元
8. 不孕症	中村春根著	200 元
9. 生理痛與生理不順	堀口雅子著	200 元
10. 更年期	野末悅子著	200 元

・傳統民俗療法・品冠編號 63

1. 神奇刀療法	潘文雄著	200 元
2. 神奇拍打療法	安在峰著	200 元
3. 神奇拔罐療法	安在峰著	200 元
4. 神奇艾灸療法	安在峰著	200 元
5. 神奇貼敷療法	安在峰著	200 元
6. 神奇薰洗療法	安在峰著	200 元
7. 神奇耳穴療法	安在峰著	200 元
8. 神奇指針療法	安在峰著	200 元
9. 神奇藥酒療法	安在峰著	200 元
10. 神奇藥茶療法	安在峰著	200 元
11. 神奇推拿療法	張貴荷著	200 元

・彩色圖解保健・品冠編號 64

1. 瘦身	主婦之友社	300 元
2. 腰痛	主婦之友社	300 元
3. 肩膀痠痛	主婦之友社	300 元
4. 腰、膝、腳的疼痛	主婦之友社	300 元
5. 壓力、精神疲勞	主婦之友社	300 元
6. 眼睛疲勞、視力減退	主婦之友社	300 元

・心 想 事 成・品冠編號 65

1. 魔法愛情點心	結城莫拉著	120 元
2. 可愛手工飾品	結城莫拉著	120 元
3. 可愛打扮 & 髮型	結城莫拉著	120 元
4. 撲克牌算命	結城莫拉著	120 元

・少年偵探・品冠編號 66

1. 怪盜二十面相	江戶川亂步著	特價 189 元
2. 少年偵探團	江戶川亂步著	特價 189 元
3. 妖怪博士	江戶川亂步著	特價 189 元
4. 大金塊	江戶川亂步著	特價 230 元
5. 青銅魔人	江戶川亂步著	特價 230 元
6. 地底魔術王	江戶川亂步著	特價 230 元

22. 陳式太極拳技擊法	馬　虹著	250 元
23. 二十四式/三十二式 太極 拳/劍	闞桂香著	180 元
24. 楊式秘傳 129 式太極長拳	張楚全著	280 元
25. 楊式太極拳架詳解	林炳堯著	280 元
26. 華佗五禽劍	劉時榮著	180 元
27. 太極拳基礎講座：基本功與簡化 24 式	李德印著	250 元
28. 武式太極拳精華	薛乃印著	200 元
29. 陳式太極拳拳理闡微	馬　虹著	350 元
30. 陳式太極拳體用全書	馬　虹著	400 元
31. 張三豐太極拳	陳占奎著	200 元
32. 中國太極推手	張　山主編	300 元
33. 48 式太極拳入門	門惠豐編著	220 元
34. 太極拳奇人奇功	嚴翰秀編著	250 元
35. 心意門秘籍	李新民編著	220 元
36. 三才門乾坤戊己功	王培生編著	220 元
37. 武式太極劍精華 +VCD	薛乃印編著	350 元
38. 楊式太極拳	傅鐘文演述	200 元
39. 陳式太極拳、劍 36 式	闞桂香編著	250 元
40. 正宗武式太極拳	薛乃印著	220 元
41. 杜元化＜太極拳正宗＞考析	王海洲等著	300 元
42. ＜珍貴版＞陳式太極拳	沈家楨著	元
43. 24 式太極拳＋VCD	中國國家體育總局著	350 元

・原地太極拳系列・大展編號 11

1. 原地綜合太極拳 24 式	胡啟賢創編	220 元
2. 原地活步太極拳 42 式	胡啟賢創編	200 元
3. 原地簡化太極拳 24 式	胡啟賢創編	200 元
4. 原地太極拳 12 式	胡啟賢創編	200 元

・名師出高徒・大展編號 111

1. 武術基本功與基本動作	劉玉萍編著	200 元
2. 長拳入門與精進	吳彬　等著	220 元
3. 劍術刀術入門與精進	楊柏龍等著	220 元
4. 棍術、槍術入門與精進	邱丕相編著	220 元
5. 南拳入門與精進	朱瑞琪編著	220 元
6. 散手入門與精進	張　山等著	220 元
7. 太極拳入門與精進	李德印編著	元
8. 太極推手入門與精進	田金龍編著	元

・實用武術技擊・大展編號 112

1.	實用自衛拳法	溫佐惠著	250 元
2.	搏擊術精選	陳清山等著	220 元
3.	秘傳防身絕技	陳炳崑著	230 元

・道學文化・大展編號 12

1.	道在養生：道教長壽術	郝 勤等著	250 元
2.	龍虎丹道：道教內丹術	郝 勤著	300 元
3.	天上人間：道教神仙譜系	黃德海著	250 元
4.	步罡踏斗：道教祭禮儀典	張澤洪著	250 元
5.	道醫窺秘：道教醫學康復術	王慶餘等著	250 元
6.	勸善成仙：道教生命倫理	李 剛著	250 元
7.	洞天福地：道教宮觀勝境	沙銘壽著	250 元
8.	青詞碧簫：道教文學藝術	楊光文等著	250 元
9.	沈博絕麗：道教格言精粹	朱耕發等著	250 元

・易學智慧・大展編號 122

1.	易學與管理	余敦康主編	250 元
2.	易學與養生	劉長林等著	300 元
3.	易學與美學	劉綱紀等著	300 元
4.	易學與科技	董光壁著	280 元
5.	易學與建築	韓增祿著	280 元
6.	易學源流	鄭萬耕著	280 元
7.	易學的思維	傅雲龍等著	250 元
8.	周易與易圖	李 申著	250 元

・神算大師・大展編號 123

1.	劉伯溫神算兵法	應 涵編著	280 元
2.	姜太公神算兵法	應 涵編著	280 元
3.	鬼谷子神算兵法	應 涵編著	280 元
4.	諸葛亮神算兵法	應 涵編著	280 元

・秘傳占卜系列・大展編號 14

1.	手相術	淺野八郎著	180 元
2.	人相術	淺野八郎著	180 元
3.	西洋占星術	淺野八郎著	180 元
4.	中國神奇占卜	淺野八郎著	150 元

5.	夢判斷	淺野八郎著	150 元
6.	前世、來世占卜	淺野八郎著	150 元
7.	法國式血型學	淺野八郎著	150 元
8.	靈感、符咒學	淺野八郎著	150 元
9.	紙牌占卜術	淺野八郎著	150 元
10.	ESP 超能力占卜	淺野八郎著	150 元
11.	猶太數的秘術	淺野八郎著	150 元
12.	新心理測驗	淺野八郎著	160 元
13.	塔羅牌預言秘法	淺野八郎著	200 元

・趣味心理講座・大展編號 15

1.	性格測驗① 探索男與女	淺野八郎著	140 元
2.	性格測驗② 透視人心奧秘	淺野八郎著	140 元
3.	性格測驗③ 發現陌生的自己	淺野八郎著	140 元
4.	性格測驗④ 發現你的真面目	淺野八郎著	140 元
5.	性格測驗⑤ 讓你們吃驚	淺野八郎著	140 元
6.	性格測驗⑥ 洞穿心理盲點	淺野八郎著	140 元
7.	性格測驗⑦ 探索對方心理	淺野八郎著	140 元
8.	性格測驗⑧ 由吃認識自己	淺野八郎著	160 元
9.	性格測驗⑨ 戀愛知多少	淺野八郎著	160 元
10.	性格測驗⑩ 由裝扮瞭解人心	淺野八郎著	160 元
11.	性格測驗⑪ 敲開內心玄機	淺野八郎著	140 元
12.	性格測驗⑫ 透視你的未來	淺野八郎著	160 元
13.	血型與你的一生	淺野八郎著	160 元
14.	趣味推理遊戲	淺野八郎著	160 元
15.	行為語言解析	淺野八郎著	160 元

・婦 幼 天 地・大展編號 16

1.	八萬人減肥成果	黃靜香譯	180 元
2.	三分鐘減肥體操	楊鴻儒譯	150 元
3.	窈窕淑女美髮秘訣	柯素娥譯	130 元
4.	使妳更迷人	成 玉譯	130 元
5.	女性的更年期	官舒妍編譯	160 元
6.	胎內育兒法	李玉瓊編譯	150 元
7.	早產兒袋鼠式護理	唐岱蘭譯	200 元
8.	初次懷孕與生產	婦幼天地編譯組	180 元
9.	初次育兒 12 個月	婦幼天地編譯組	180 元
10.	斷乳食與幼兒食	婦幼天地編譯組	180 元
11.	培養幼兒能力與性向	婦幼天地編譯組	180 元
12.	培養幼兒創造力的玩具與遊戲	婦幼天地編譯組	180 元
13.	幼兒的症狀與疾病	婦幼天地編譯組	180 元

14. 腿部苗條健美法　婦幼天地編譯組　180 元
15. 女性腰痛別忽視　婦幼天地編譯組　150 元
16. 舒展身心體操術　李玉瓊編譯　130 元
17. 三分鐘臉部體操　趙薇妮著　160 元
18. 生動的笑容表情術　趙薇妮著　160 元
19. 心曠神怡減肥法　川津祐介著　130 元
20. 內衣使妳更美麗　陳玄茹譯　130 元
21. 瑜伽美姿美容　黃靜香編著　180 元
22. 高雅女性裝扮學　陳珮玲譯　180 元
23. 蠶糞肌膚美顏法　坂梨秀子著　160 元
24. 認識妳的身體　李玉瓊譯　160 元
25. 產後恢復苗條體態　居理安・芙萊喬著　200 元
26. 正確護髮美容法　山崎伊久江著　180 元
27. 安琪拉美姿養生學　安琪拉蘭斯博瑞著　180 元
28. 女體性醫學剖析　增田豐著　220 元
29. 懷孕與生產剖析　岡部綾子著　180 元
30. 斷奶後的健康育兒　東城百合子著　220 元
31. 引出孩子幹勁的責罵藝術　多湖輝著　170 元
32. 培養孩子獨立的藝術　多湖輝著　170 元
33. 子宮肌瘤與卵巢囊腫　陳秀琳編著　180 元
34. 下半身減肥法　納他夏・史達賓著　180 元
35. 女性自然美容法　吳雅菁編著　180 元
36. 再也不發胖　池園悅太郎著　170 元
37. 生男生女控制術　中垣勝裕著　220 元
38. 使妳的肌膚更亮麗　楊　皓編著　170 元
39. 臉部輪廓變美　芝崎義夫著　180 元
40. 斑點、皺紋自己治療　高須克彌著　180 元
41. 面皰自己治療　伊藤雄康著　180 元
42. 隨心所欲瘦身冥想法　原久子著　180 元
43. 胎兒革命　鈴木丈織著　180 元
44. NS 磁氣平衡法塑造窈窕奇蹟　古屋和江著　180 元
45. 享瘦從腳開始　山田陽子著　180 元
46. 小改變瘦 4 公斤　宮本裕子著　180 元
47. 軟管減肥瘦身　高橋輝男著　180 元
48. 海藻精神秘美容法　劉名揚編著　180 元
49. 肌膚保養與脫毛　鈴木真理著　180 元
50. 10 天減肥 3 公斤　彤雲編輯組　180 元
51. 穿出自己的品味　西村玲子著　280 元
52. 小孩髮型設計　李芳黛譯　250 元

青春天地・大展編號 17

1. A 血型與星座　柯素娥編譯　160 元
2. B 血型與星座　柯素娥編譯　160 元

國家圖書館出版品預行編目資料

海底魔術師／江戶川亂步著；施聖茹譯
－－初版－臺北市，品冠文化，2002〔民91〕
面；21公分 — （少年偵探；12）
譯自：海底の魔術師
ISBN 957-468-139-4（精裝）

861.59　　91005021

版權仲介：京王文化事業有限公司

少年偵探12 **海底魔術師** ISBN 957-468-139-4

著　者／江戶川亂步
譯　者／施　聖　茹
發行人／蔡　孟　甫
出版者／品冠文化出版社
社　址／台北市北投區（石牌）致遠一路2段12巷1號
電　話／(02) 28233123・28236031・28236033
傳　真／(02) 28272069
郵政劃撥／19346241
E - mail／dah-jaan @ms 9.tisnet.net.tw
登記證／北市建一字第227242號
區域經銷／千淞圖書有限公司
地　址／三重市中興北街186號5樓
電　話／(02)29999958
承印者／高星印刷品行
裝　訂／源太裝訂實業有限公司
排版者／千兵企業有限公司
初版1刷／2002年（民91年） 6月
初版發行／2002年（民91年） 7月

~~定　價／300元~~
特　價／230元